최초 국문
번역 소설
'설공찬전'

다시 쓰는

설공찬전·薛公瓚傳

Profile

이서영 작가는요,
소설로 등단하여 1만 권의 책 숲에 사는 간서치에요.
책이 사람을 어떻게 변화시키고 성장시키는가를 세상에 알리고 싶어하죠.
시서화문사철의 인문학으로 따뜻한 세상을 만들고 싶은 꿈을 가지고 있어요. 내장산 400고지 순창군 복흥면 추령, 하늘빛 정원에서 살아요.

신중철 작가는요, 순창토박이에요,
자유를 추구하는 영혼이지요.
내면의 세계에 집중하며 생명을 다 한 나무에
숨을 불어넣는 작업을 진행합니다.
지친 영혼들을 위로할 수 있기를 바랍니다.
순창군 동계면에서 살아요.

목 차

| 들어가며 Introduction   006

| 추천의 글 A Letter of Recommendation   014

| 다시 쓰는 설공찬전

1장 살구나무 아래서 under the apricot tree   017

2장 공찬이의 죽음 death   027

3장 공침, 공심에게 빙의되다 obsession   035

4장 공찬이의 혼령이 공침이에게 들어가다
Gong-chim   045

Contents

5장	공찬이의 저승 이야기 underworld	051
6장	비사문천왕 : 착한 사람 복을 받고, 나쁜 사람 벌을 받고 the Lord of underworld	059
7장	작별 그리고 새로운 시작 new start	069

별책 1 [설공찬전]의 작가 난재 채수는 누구인가	084
별책 2 [다시 쓰는 설공찬전]을 펴내며	093
나가며 Epilogue	100
참고자료	104
참고문헌	107

들어가며

[신과 함께]라는 영화, 보셨어요? 이 영화는 저승과 저승사자, 그리고 이승에 관한 독특한 이야기입니다. 많은 사람들이 새로운 시선으로 이 영화를 보았을 거에요. 웹툰이었던 [신과 함께]는 한국적 전통과 최첨단 CG가 결합, 새로운 장르의 영화로 탄생했어요. 옛것과 새것은 이렇게 부단히 서로 만나야 합니다. 순창에는 많은 사람들이 아직 알지 못하는 [설공찬전]이 있답니다.

난재 채수의 한문소설 [설공찬전]의 국문번역본이 1996년, 이복규 선생님에 의해 일부 발견되었어요.
[홍길동전]보다 100년이 앞선 최초의 국문 번역 소설로서 국문학사적 가치가 매우 높아요.

3,000여 자의 내용은 이렇습니다.

순창에 사는 설충란은 남매가 있었는데 딸은 혼인한 뒤에 바로 죽고 아들 공찬도 나이 스물이 되어 장가도 들기 전에 죽게 돼요.

Introduction

Have you seen the movie "With God"? This film is a unique story about the life after death, the reapers, and this life. Many people would have seen this movie with new eyes. The Webtoon [With God] was born into a new genre of film combining Korean tradition with cutting-edge CG. The old and new must meet each other in this way. In Sunchang there is [Seol Gong-chan jeon] that many people do not know yet.

In 1996, a Korean translation of [Seol Gong-chan jeon(story)] was discovered by Mr. Lee Bok-gyu.

It is the first Korean translation novel 100 years ahead of [Hong Gil-dong jeon], and it is very highly valuable in Korean literature history.

This is over 3,000 words.

Seol Gong-chan, who lives in Sunchang, had a sibling. But his elder sister dies shortly after getting married. And Gong-chan also died right after 20 years old.

들어가며

　　어느 날 설공찬 누나의 혼령이 충란의 동생인 설충수의 큰 아들 공침에게 들어가요. 공침의 아버지 설충수가 김석산이라는 주술사를 불러 누나의 혼령을 쫓아내자 곧 설공찬의 혼령이 공침에게 들어가 수시로 왕래해요. 설충수가 김석산을 다시 부르려 하자 공찬은 공침을 극도로 괴롭혀요.

　　그 후 공찬은 사촌동생 설원과 윤자신을 불러 저승소식을 들려주죠.

　　저승으로 올라가 고통스럽게 심판 받던 공찬은 증조부 설위 덕분에 풀려나 여기저기 저승을 구경하게 돼요. 이승에서 선하게 산 사람은 저승에서도 잘 지내고 악한 사람은 지옥으로 떨어지는 모습들을 보게 되죠. 이승에서 왕이었더라도 반역하여 집권한 경우에는 지옥에 떨어져요. 여성도 글을 할 줄 알면 관직을 맡을 수 있었어요.

　　하루는 중국의 성화황제가 총애하는 신하의 저승 행을 1년만 연기해 달라고 간청해요. 염라대왕은 한 달의 기한을 주지만 신하는 다시 1년을 달라고 청하다가 염라대왕의 분노를 사게 돼요. 당황한 성화황제가 친히 염라국을 방문하고 막아보려 하지만 화가 난 염라대왕은 신하의 손을 삶아버려요.

Introduction

One day, the spirit of Seol Gong-chan's sister enters Gong-chim, the eldest son of Seol Chung-su, the younger brother of Seol Chung-ran. Seol Chung-su, the father of Gong-chim, calls a shaman named Kim Seok-san to drive out the spirit of Gong-chan's sister. And When Chung-su tries to call Kim Seok-san again to drive the spirit of Gong-chan out, Gong-chan is extremely annoying Gong-chim's body.

After that, Gong-chan calls his two cousins, Seol Weon and Yoon Ja-shin to tell the news that he saw in the land of the dead. Gong-chan, who went up to the underworld and was painfully judged, was released thanks to his great-grandfather, Seol Wee and Seol Wee showed Gong-chan the underworld. People who lived good in this world can live well in the next world, but evil people in this world have to fall into hell. Even if he were a king in this world, if he rebelled, he would have to fall into hell. If a woman knew how to read and write, she could take office.

One day, An emperor Seong-wha in China begged the Great King of the underworld to postpone the death of one of his favorite servant for one year.

So the Great King Yeom-la gave him a month's deadline, but the servant asked for another year again. The Great King Yeom-la was very angry. Hearing this, the embarrassed emperor in China visited to the underworld and begged the servant's fault, but the angry Great King Yeom-la ordered to be boiled the hands of the servant.

들어가며

그리고 이야기는 여기에서 끝나요.

[설공찬전]은 순창을 배경 공간으로 삼고, 이곳에 집성촌을 이루고 사는 설씨 집안사람들을 등장인물로 삼았어요. 사람들에게 친숙한 귀신 이야기와 무속 이야기 등이 대중의 인기를 끄는 요인으로 작용했어요.

이 책이 불태워진 가장 큰 이유는 '왕이었더라도 반역하여 집권한 경우 지옥에 떨어진다'는 설명이었을 거에요. 당시 중종은 반정을 통하여 연산군을 몰아내고 왕이 되었으니까요. 또 당시에는 유교 이념이 정치와 사회의 근간이었는데 유교 이념으로는 설명할 수 없는 영혼과 죽음 뒤의 세계를 끌어와 당시 사회를 비판한 것도 불태워진 이유였겠죠.

Introduction

And the story ends here.

[Seol Gong-chan jeon] used Sunchang as a background space, and the people of Seol's family who lived in a clan-based village were the main characters of the story. Familiar ghost stories and shamanic stories might become popular factors to people at that time.

And perhaps the biggest reason this book was burned all up was that even if he were a king, he would fall into hell if he rebelled and ruled. Jung-jong at that time drove out Yeon-san-gun through Banjeong(rebel) and became king.

At the time, Confucianism was the basis of politics and society, so Confucianists could not understand and bear the story about ghosts and afterlife.

들어가며

　특히 '여성이라도 글만 할 줄 알면 얼마든지 관직을 받아 잘 지내더라'는 표현은 당시 유교 사회의 한계를 꼬집은 것이라 할 수 있어요. 임금에게는 무조건 복종해야 하고, 남자는 귀하고 여자는 천하다는 '남존여비' 사상에 반하는 [설공찬전]이 비난의 표적이 되고 결국 책이 모조리 불태워지게 된 것이죠.

　[설공찬전]에 대해 무엇보다 안타까웠던 사실은 순창에 살면서도 [설공찬전]을 잘 모른다는 사실이었어요. 들어는 봤지만 자세히는 알지 못하는 우리들. 알려고 해야 비로소 알게 됩니다. 관심을 가져야 비로소 빛이 납니다. 순창! 하면 [설공찬전]을 기억하는 그 순간까지 [설공찬전] 이야기를 들려드리려 해요.*

-순창, 하늘빛 정원에서 이서영 작가가 전해 드려요-

Introduction

And in particular, the expression, 'Even a woman knows how to read and write, she can be given a good job' was very shocking to Confucianists.

The thought was to pinch the limits of Confucian society. [Seol Gon-chan jeon], which is against the idea of 'A man is precious, but a lady is mean', became the target of criticism and eventually the book ended up being burned up.

But the saddest thing about [Seol Gong-chan jeon] was that people who live in Sunchang do not know [Seol Gong-chan jeon] well and exactly. We've heard it for a long time but don't know the details. You and I need to know what the story is about. It is only when you pay attention to it that it will shine. And I also want to remember 'Sunchang' whenever you read of [Seol Gong-chan jeon]. I want to tell you the story until you remember it. Please pay attention!

- Lee Seo-yeong delivers it at Haneulbitz garden in Sunchang-

추천의 글

서경대 문화콘텐츠학과 이복규교수

[다시 쓰는 설공찬전],

이서영 작가가 쓴 새로운 [설공찬전]의 탄생을 축하합니다.

1511년 무렵, 채수 선생이 지은 이 소설은 당시의 베스트셀러였습니다. 얼마나 흥미 있었는지, 한문 원작을 한글로 번역해 많은 사람들이 읽었습니다.

귀신과 저승 등 죽은 다음에 어떻게 되는지, 여성도 실력만 있으면 공무원이 될 수 있다든가, 무력으로 권력을 잡으면 지옥에 간다든가 하는 내용은 당시로서는 충격이었기 때문입니다.

하지만 정부의 탄압을 받아 500년 정도 금지 당해 사라진 까닭에 잊혀졌다가 1996년, 필자에 의해 극적으로 발견되어 언론과 학계의 관심을 모았지요. 하지만 아직도 이 작품을 모르는 사람들이 많습니다. 한글로 읽은 최초의 소설이고 여러 가지로 음미할 게 많은데 비추어 늘 안타깝게 생각했는데, 이서영 작가가 귀한 일을 하셨네요.

A Letter of Recommendation

새롭게 다시 쓰는 설공찬전이 계속 나와야 합니다. 이미 나온 연극, 웹툰 작품에 이어 이 작품으로 많은 사람들이 설공찬전을 아는 기쁨을 누리기를 기대합니다.

원작은 일부만 발견된 탓도 있으나, 잘 이해하기 어려운 부분도 있는데, 이 책에서는 그 빈틈들을 잘 메꿔 놓았습니다. 여러 자료를 충분히 읽어 그렇게 했다는 걸 느낄 수 있습니다. 고마운 일입니다.

거듭 축하드리며, 이 작품을 읽고 자극을 받아 또 다른 콘텐츠들이 쓰여지길 간절히 바랍니다. 뮤지컬, 영화, 광고 카피, 대중가요, 드라마 등 다양한 후속 작품들을 기대합니다.

1장

살구나무 아래서

under the apricot tree

"오메! 누나는 고런 걸 어치케 고로코롬 잘 알아부러?"

공찬이는 누나가 신기하기만 하다. 누나는 모르는 게 없다. 이제 여섯 살이 된 공찬이는 겨우 세 살 더 나이 많은 누나가 세상에서 가장 멋져 보인다.

"이, 자세히 보믄 알 수 있제. 글고 사실 요건 엄니가 갈쳐주신 건디."

'엄니'라는 단어에 공심의 표정이 어두워진다. 공심이는 공찬이를 흘껫 바라보다가 얼른 표정을 바꾼다. 밝은 표정을 지으면서 공심이가 공찬이에게 사랑스럽게 말한다.

"자, 자세히 새치로 봐. 요건 아까 누나가 그렸던 그림이여. 이게 백매화고 이건 청매화제. 요게 우리 공찬이가 좋아하는 살구꽃이고 말여. 백매화는 붉은색 꽃받침을 가지고 있당게. 청매화는 연두색 꽃받침이제. 자, 여그를 보믄 알겠제? 그리고 이게 살구꽃이여. 뒤집어 봐. 응, 그러제. 잘 허네, 우리 공찬이. 꽃받침이 서로 어치케 다른 종 알 수 있겄어?"

공찬이는 고개를 끄덕이며 신기해한다. 살구꽃의 꽃받침은 매화와는 달랐다. 매화 꽃받침이 꽃을 감싸고 있다면 살구꽃의 꽃받침은 반대로 뒤집혀 있었다. 공심이는 아까 아침에 자신이 그린 두 점의 매화를 손가락을 짚어가며 공찬이에게 설명해준다. 살구꽃은 공찬이의 손바닥에 살포시 놓여 있다. 공찬이는 눈을 크게 뜨고 뚫어지게 쳐다본다. 서로 다른 이유를 알 것도 같다. 어린 공찬이의 눈이 똘망똘망하다.

"누나! 우리도 왔당게!"

원이와 자신, 그리고 공침이가 작은 문으로 집이 떠내려 갈 만큼 큰 소리로 외치며 달려온다. 그 중 제일 늦게 들어오는 공침이가 아이들 중에서 가장 어리다. 모두 공찬이의 사촌들이다. 공찬이는 순창 금과마을에서 산다. 대부분 설씨 성을 가진 사람들이 모여 사는 집성촌이다. 원이는 공찬이네 집과 몇 집 건너지 않은, 가까운 곳에 살고 있어 자주 놀러왔다. 자신은 옆 마을에 살았는데 자주는 아니었지만 어른들을 따라 가끔 공찬이의 집에 들르곤 했다. 공침이는 공찬이의 아버지를 "큰아부지!"라고 불렀다. 공침이는 새침한 성격이었고 내성적이었다. 하지만 한 번 고집을 피우기 시작하면 어른들도 혀를 내두를 지경이었다. 공침이는 양반 집안에서 태어났지만 공부하기를 싫어했다. 공찬이가 누이 공심이와 함께 아버지 방에서 숨소리를 죽여 가며 공부 할 때 공침이는 자신의 아버지 설충수의 얼굴이 붉어질 때까지 고집을 피우며 공부를 피해 다녔다. 결국 몇 년 뒤, 공침이의 아버지 설충수는 어린 공침이를 엄한 스승 아래서 배우게 하기 위해 서울로 유학을 보내기로 한다.

　　벚꽃의 화려함이 이울 무렵이면 살구꽃이 지천으로 피어나기 시작한다. 살구꽃의 여리여리함은 어쩌면 누나와 많이 닮았다고 어린 공찬이는 생각했다. 공찬이의 집 안에는 살구나무가 많았다. 돌아가신 어머니가 좋아해서 해마다 조금씩 심었다고 했다. 그래서 나이가 많은 살구나무도 있고 공찬이 키만큼 자그마한 나무도 있었다. 한꺼번에 피어나기 시작하는 봄이면 공찬이의 집은 환한 분홍빛 가득한 세상으로 변해버렸다. 사람들은 공찬이의 집을 '살구꽃 천지'라고 불렀다. 대개 동네에서 매화가 피었다 지고 벚꽃이 피었다 질 무렵이면 살구꽃이 피어나기 시작했는데 그 무성한 아름다움은 다른 집보다 오래 갔다.

"들어오너라."

공심이와 공찬이의 아버지 설충란의 목소리가, 엄하지만 다정하게 들려왔다. 살구나무 아래서 살구꽃잎으로 소꿉놀이를 하던 아이들은 아쉬운 표정으로 공찬이 아버지의 목소리를 따라 방 안으로 들어갔다.

"이제 너희들이 모두 모였으니 우리 집안 내력에 대하여 다시 공부해 보자꾸나. 공침이도 어째 큰아버지 말을 들어보겠느냐?"

충란은 자상한 미소를 지으며 조카인 공침이의 표정을 살핀다.

"음, 긍게요…. 조용히 들어보겠습니다, 큰아부지."

"그래, 좋다. 집안의 역사를 아는 것은 앞으로 너희들의 삶에 매우 중요한 지식이 될 것이다. 그러니 시간이 날 때마다 와서 자꾸 물어보도록 해라. 우리 집안은 순창의 토착 성씨다. 약 400여 년 전, 우리의 선조인 설자승 어른이 구림면 율북리에 정착했단다. 설자승 어른은 이자겸의 난을 피해 부인의 고향인 이곳 순창으로 낙향하셨지. 공찬이와 공침이의 증조부이신 설위 어른은 문과에 급제하여 대사성을 지냈단다. 제사를 지낼 때마다 너희들이 인사를 드리는 어른 중 한 분이시다. 앞으로 살아가다 힘이 들거든 설위 어른을 떠올리려므나. 너희들의 부모인 우리들도 그렇겠지만 설위 어른 또한 너희들이 어딜 가든 너희들의 마음 안에서 든든한 힘이 되어주실 것이다."

부정적이고 투덜거리기 좋아하는 공침이가 인상을 찌푸리며 큰아버지 충란에게 질문을 던진다.

"큰아부지, 왜 설위 증조할아부지께서 우리를 도와줄 수 있다고 말씀허시는 거에요? 그 분은 오래 전에 돌아가셨는디요?"

"하하하, 그렇구나. 돌아가셨지. 너희들에게는 증조부 되시지만 나에게는 조부이시다. 내 할아버지는 내가 어렸을 때부터 항상 말씀하셨단다. 자신이 돌아가시더라도 늘 후손들 곁에 남아서 위험한 상황에 처해 있을 때 힘이 되겠노라고 말이다. 그 말씀이 어딜 가든 힘이 되곤 했단다. 너희들에게도 그런 힘이 되었으면 좋겠구나."

"핏", 공침은 들릴 듯 말 듯 코웃음을 쳤다.

아이들이 공찬이 아버지 방에서 두런두런 말씀을 듣고 이런저런 대화들이 오가는 동안 하루가 저물어 가고 있었다. 어스름이 지자 깜박깜박이는 반딧불이들이 공찬의 집 담장을 넘어와 하나둘 반짝이기 시작했다. 밤이 깊어갈수록 밤하늘의 별들이 내려와 집안을 따뜻하게 감싸는 것 같았다.

원이와 자신, 그리고 공침이까지 자주 공찬이의 집에 다녀갔다. 공찬이의 아버지 설충란은 아이들에게 집안 내력을 조금씩 가르쳐 주었다. 공찬이는 왜 아버지가 집안 내력을 공부시키는지 잘 알 수 없었지만 사촌들이 자주 왔다가는 것이 좋아서 그냥 행복했다. 사촌들도 누이를 좋아해 아이들은 만나기만 하면 신나고 행복했다. 놀 때마다 공침이가 자주 토라지고 짜증을 내거나 화를 내곤 했으므로 나머지 아이들이 곤혹스러울 때도 있었지만 아이들은 곧잘 공침이를 이해해 주었다.

어린 날 일찍 돌아가신 어머니 대신에 아버지는 공찬이와 공심이를 온 정성을 다해 키웠다. 아버지는 일찍부터 뛰어난 공심이를 여자라는 이유로 무시하지 않고 글을 가르쳤다. 공심이는 빠른 속도로 아버지의 가르침을 받아먹었다. 아주 어릴 때부터 공찬이는 누이 곁에 붙어 공부하는 재미를 알아갔다. 천성이 쾌활하고 정직하였던 공찬이 또한 누이처럼 공부를 게을리 하지 않았다. 사람들은 공찬이가 언젠가는 큰 그릇이 될 것이라고 입을 모았다. 총명하고 밝아 공부하라고 강요하지 않아도 재주와 학문이 날로 일취월장하였다. 공심이가 아무리 뛰어나고 공부하는 속도가 놀랍도록 빨라도 사람들이 공심이를 칭찬할 일은 없었다. 공심이는 여자였기 때문이다.

공심 누이와는 아름다운 추억이 켜켜이 쌓여갔다. 어릴 적 돌아가신 어머니를 공찬이는 기억하지 못한다. 하지만 공찬이가 어머니 생각을 떠올리지 않아도 될 만큼 나이보다 품 넓은 누이는 공찬이를 사랑으로 안아주었다. 누이는 살구나무 아래에 앉아 있기를 좋아했다. 공찬이가 누이를 찾아 헤맬 때마다 그녀를 만날 수 있는 곳은 늘 살구나무 아래였다. 누이가 살구나무를 좋아하는 이유는 어머니 때문이라고 했다. 살구가 익어갈 무렵 어머니를 떠나보냈기 때문이라고. 공찬이는 어머니를 기억하지 못한다. 아련한 어머니를 추억하는 누이를 볼 때마다 공찬이는 기억할 수 없는 어머니의 그림자를 누이의 쓸쓸한 표정에서 읽곤 했다. 너무 어려서 그것을 어떤 감정이라고 꼭 집어 말할 수는 없었지만 공찬이는 누이 공심에게서 서글픈 아름다움을 느꼈고 그래서 어린 마음에도 가슴이 아렸다. 누이가 어머니를 닮아 세상을 일찍 떠나지 않고 오래오래 자신의 곁에 남아 있었으면 좋겠다고 공찬이는 생각했을지도 모른다. 말 할 수 없다고 해서 느끼지 못하는 것은 아닐 테니.

그렇게 늘 어머니 같던 누이도 나이가 차자 시집을 갔다. 그녀가 떠난 후 공찬이는 갑자기 어머니의 부재를 가슴이 허전할 만큼 깊이 느꼈다. 공찬이는 누이의 부재로 인해 어머니의 부재까지 동시에 느껴야 했다. 누이가 시집 간 곳은 공찬이가 사는 마을에서 그리 멀리 떨어져 있지 않았다. 하지만 마을이 가깝다고 해서 누이를 자주 볼 수 있는 것은 아니었으므로 공찬이는 누이가 보고 싶을 때마다 살구나무 아래 앉아서 나뭇잎이 바람에 흔들리는 모습이라거나 살구가 익어가면서 제 몸무게를 이기지 못하고 툭툭 떨어지는 모습 너머로 아련한 누이를 그려보고는 했다.

누이가 시집간 지 1년도 채 되지 않았을 무렵이었다. 누이의 부고가 날아들었다. 건강하던 누이가 갑자기 쓰러지더니 영영 일어나지 못했다고 했다. 누이의 시댁에서도 그런 누이의 갑작스러운 죽음이 믿어지지 않는 듯했다. 공찬이의 아버지뿐만 아니라 공찬이 또한 마음에 큰 충격을 받았다. 기억나지 않는 어머니, 그리고 사랑하던 누이의 죽음. 공찬이는 살구꽃이 떨어지는 나무 아래서 사촌인 원이와 자신이와 함께 어리디어린 얼굴로 살구꽃을 주워 소꿉장난을 하던 풍경을 떠올렸다. 그때도 누이는 엄마 역할을 했다. 누이도 어렸지만 공찬이에게는 늘 어른스럽게 보였던 누이는 소꿉장난을 할 때도 공찬이를 아기 다루듯 소중하게 대했다. 살구꽃잎과 나뭇잎을 조약돌로 으깨면 그것들은 곧 밥이 되고 나물이 되고 온갖 이름의 반찬이 되었다. 아버지에게 들키면 혼나기도 하였지만 공찬이는 누이가 엄마인 이 놀이가 늘 기다려지곤 했다.

2장

공찬이의 죽음

death

공찬이는 순창 설 씨다. 순창 설 씨는 순창의 토착 성씨로 인조 4년(1124년), 설자승이 구림면 율북리에 정착한 이후 그 후손이 금과면 동전리, 고례리, 내동리, 쌍치면 양신리 양사 마을 등으로 옮겨 앉았다.

공찬이의 증조부 설위는 세종 1년인 1419년, 문과에 급제, 대사성을 지냈다. 공찬이의 아버지는 집안의 이러저러한 역사를 공찬이에게 전해주고는 했다. 공찬이는 얼굴을 본 적은 없지만 증조부 설위가 늘 가까이에 있는 듯 여겨졌다. 설위는 처음에는 금과면 마곡 마을로 옮겼다가 지금의 금과면 동전리로 이사와 동전 설 씨가 되었다.

순창은 백제의 도실군 지역이었다가 신라가 삼국을 통일한 후 경덕왕 2년인 757년, 순화군으로 바뀌었고 고려 때 태조 23년인 940년, 순창으로 이름을 고쳐 오늘에 이르렀다.

공찬이에게 순창은 태어난 곳이었고 훌쩍 청년으로 자라난 곳이었다. 그의 숨결과 체험이 고스란히 녹아 있는 곳이었다. 언젠가 공찬이 또한 공직에 나가게 되면 고향을 떠나겠지만 지금껏 공찬이는 자신의 분신처럼 이 고장을 사랑했다. 그러나 분신 같던 이 마을도 공심 누이가 사라지자 허전한 공간으로 변해갔다. 그녀의 죽음을 전해들은 뒤 건강하던 공찬이도 기력이 점점 떨어져갔다. 공찬이는 낮보다는 밤을 더 기다렸다. 꿈에서는 누이를 만날 수 있기 때문이다. 누이는 어리디어린 공찬이의 손을 잡고 살구나무를 빙빙 돌기도 했고 원이와 자신이랑 술래잡기를 하기도 했다. 밤이 되어 반딧불이들이 하나 둘 모여들면 반딧불이를 잡으려고 뛰어다니기도 했고 어쩌다 실수인 듯 반딧불이를 손 안에 잡기라도 하면 공찬이는 누나에게 선물로 줄 수 있어서 기뻐 소리를 지르기도 했다. 어떤 꿈은 다 큰 누이가 슬픈 표정으로 살구나무 아래 앉아 등을 보이고 있기도 했다. 가냘픈 누이의 등을 살며시 잡으면 얼굴이 사라진 누이가 고개를 돌려 공찬이는 공포에 사로잡혀 땀을 뻘뻘 흘리며 겨우 꿈속을 빠져나오기도 했다.

눈을 떴다. 한밤중이었다. 가을이 깊어가는 중이었다. 마당에서 고요히 떨어지는 낙엽 소리가 들릴 만큼 적막한 시간이었다. 공찬이는 깊은 잠을 잘 수 없었다. 깨고 나면 적막뿐이었고 잠이 들면 온통 누이에 관한 꿈으로 가득해 지치고 슬픔 가득한 표정으로 깨어나곤 했다. 긴긴 밤 내내 공심 누이를 향한 갈망에 시달리고 나면 낮 동안은 끼무룩한 안개 속이었다. 공찬이는 낮인지 밤인지 몰랐다. 어쩌면 낮이든 밤이든 상관없었다. 사는 이유를 잃어버렸기 때문이다.

공찬이는 이제 막 스무 살에 들어섰다. 혈기왕성한 젊은 날인 것이다. 하지만 그는 자꾸 기력이 떨어지는 자신을 느꼈다. 걱정하실까 봐 아버지께는 말도 꺼내지 못한다. 아버지께 말씀드리지 않는다고 해서 자신의 기력이 점점 떨어지고 있음을 어찌 모르겠는가. 이제 아버지에게는 자신 밖에 남지 않았다. 어머니가 떠나고 누이가 떠났다. 이제 자신만 아버지 곁에 남아 있다. 아버지의 어깨는 처져 있다. 아버지의 등을 뒤에서 바라볼 때마다 공찬이는 가슴이 아렸다.

자신의 가슴이 이리 아픈데 아버지의 마음은 어떨까, 생각하면 그는 어두운 밤길을 등불 하나 없이 걷는 것처럼 깜깜한 적막 속에 서 있는 것 같았다. 책을 읽을 수도 없었다. 책을 펼치면 글자들은 저 스스로 종이에서 벗어나 훨훨 날아다녔다. 글자들은 제 맘대로 춤추다가 제자리를 찾지 못하고 뚝뚝 떨어져 까맣게 방바닥을 더럽히곤 했다. 그러면 그는 더럽혀진 방바닥을 하염없이 바라보고 있었다. 때론 해가 창호지를 따뜻하게 뎁힐 때부터 서서히 서산 너머로 물러갈 때까지 아무 생각 없이 까만 방바닥만 바라보고 있을 때도 많았다.

공찬이는 뒷간에 가기 위해 무거운 몸을 일으켰다. 창호지로 밝은 달에 비치던 살구나무 그림자가 고요한 바람에 몸을 눕히며 스르륵 몸피를 틀었다. 공찬이는 문을 열고 마루로 나와 신발을 신었다. 멍한 시선을 들어 먼 하늘을 바라보았다. 그는 일어서서 뒷간을 향해 걷기 시작했다.

살구나무 아래, 희끄무레한 것이 서 있었다. 저것은 무엇일까. 늘 보던 풍경이 아니었다. 그것은 생경한 것이었다. 그는 눈살을 찌푸려 초점을 맞췄다. 그것은 톱니바퀴였다. 공찬이의 시선이 희끄무레한 톱니바퀴에 닿는 순간 그것은 맹렬한 속도로 공찬이를 향해 달려왔다. 공찬이는 두려운 마음에 꼼짝도 할 수 없었다. 어두워서 처음에는 잘 보이지 않던 그것을 공찬이는 점점 어둠에 익숙해지자 선명하게 들여다 볼 수 있었다. 그것은 너무 빨리 움직여 몇 개의 홈을 가지고 있는지 알 수 없었지만 끝은 날카로운 창처럼 뾰족했다. 가운데는 텅 비어 있는 원이었다. 원은 톱니바퀴가 빠른 속도로 움직이는 탓에 어떤 형상을 보여주는 듯도 보였다. 달이 떠 있었으므로 달빛에 비친 형상을 공찬이는 알아볼 수 있었다. 그것은 누이의 얼굴이었다. 누이는 엷은 미소를 띤 모습이었다. 하지만 톱니바퀴가 빙빙빙 빠른 속도로 움직였으므로 그녀의 얼굴은 거꾸로도 보였다가 옳게도 보였다가 그녀를 들여다볼수록 그는 현기증을 느꼈다. 그녀의 엷은 미소는 속도감 때문에 기괴하게 그를 비웃는 듯도 보였고 일견 슬프게도 보였고 어떻게 보면 그를 두렵게도 만들었다. 공찬이는 그녀의 얼굴이 마치 그에게 갑자기 덮쳐오는 듯한 느낌을 받았다.

　공찬이는 두려워 꼼짝도 할 수 없었다. 톱니바퀴는 공찬이를 향해 달려오더니 그를 아슬아슬하게 스치고는 공찬이의 열린 방으로 들어갔다. 바람이 세차게 일었다. 공찬이는 톱니바퀴의 빠른 움직임을 벌벌 떨면서 바라보았다.

　저것이 대체 뭣이다냐. 왜 나헌티 나타나부렀다냐.

　공찬이는 숨도 제대로 쉴 수 없었다. 톱니바퀴는 공찬이의 방을 쓸듯 몇 바퀴 돌더니 다시 공찬이를 향해 달려왔다. 짧은 거리에서 일어난 급박한 사건에 공찬이는 할 말을 잃었고 얼굴빛은 까맣게 사색이 되었다. 톱니바퀴는 공찬이의 방을 나오더니 공찬이 앞에 급정거하듯 섰다. 그리고 한참 멈춰 서 있었다. 공찬이는 톱니바퀴가 빠른 속도로 움직일 때도 무서웠지만 자신 앞에 멈춰 움직이지 않자 두려움이 극에 달했다. 그는 곧 쓰러졌고 의식을 잃었다.

공찬이는 다시는 건강하게 일어나 걷지 못했다. 시름시름 앓다 결국 아버지만 남기고 세상을 떴다. 아버지 충란의 충격은 이루 말할 수 없었다.

아내가 떠나고 딸이 떠나더니 이제 하나 남은 아들마저 내 곁을 떠나버렸다. 도대체 이게 무슨 일이란 말인가.

충란은 정신을 차릴 수 없었다. 특히 충란에게 공찬이의 존재는, 말하지는 않았지만 늘 대견하고 든든한 그의 미래였다. 그렇게 소중한 아들이 스무 살 푸른 청춘에 삶을 마감했다는 사실을 충란은 받아들일 수 없었다. 그는 식음을 전폐하고 조석으로 울면서 날마다 공찬이를 위해 제사를 지냈다. 충란은 3년 동안 하루도 잊지 못하고 점점 더 애달아하며 공찬이를 그리워했다.

하지만 삼년상을 마치던 날, 충란은 이렇게 말했다.

"내 아들 공찬이는 장가도 들지 못하고 죽어버렸다. 하여 신주에 제삿밥 먹일 사람도 없구나. 이젠 어쩔 수 없이 묻어줘야겠다."

충란은 슬픔만큼 야위었고 신주를 공찬이의 무덤 곁에 묻고도 이레 동안이나 밥도 먹지 않고 서러워했다. 세월도 무심하여라. 충란의 슬픔에는 아랑곳없이 시간은 흘러갔다.

3장

공침, 공심에게 빙의되다

obsession

공침이는 공찬이의 사촌이다. 공찬이의 아버지 설충란에게는 동생 설충수가 있었다. 설충수는 공침과 업종, 두 아들을 두었다. 충수의 큰 아들 공침이는 새침한 성격이었고 무언가에 쫓기듯 늘 불안해했다. 그는 이유 없이 삶이 두려웠다. 성격도 총명함도 동생 업종과는 비교할 수 없었다. 하지만 충수에게는 장남이었다. 충수는 뛰어난 둘째 아들 업종을 두고 큰 아들 공침이를 서울로 유학 보내 공부를 강요했다. 하지만 시간만 죽일 뿐 늘 지지부진하던 공침이는 고향이 그리워 아버지께 문안드린다는 편지를 띄운 후 고향으로 돌아왔다. 공찬이가 죽은 지는 어느덧 5년이라는 세월이 흘렀다.

고향, 참 좋다. 공침이는 자신이 태어난 이곳이 좋았다. 어딜 가나 살기 좋은 고장이겠지만 이곳은 고개를 돌리면 이쪽 끝에서 저쪽 끝까지 모두 한 가족이었다. 그는 안온한 품안으로 돌아온 행복감을 만끽했다. 파김치가 되어 집으로 들어서던 공침이는 안도의 한숨을 쉬었다.

"아, 여그가 내 집, 내 고향인디. 공부는 나랑 안 맞는당게. 허기 싫은 공부를 어거지로 헐랑게로 실력은커녕 점점 글자 자체가 지겨워부네. 나는 무엇을 잘 헐 수 있으까. 선비가 되야서 글공부를 허지 않고 뭣을 헐 수 있당가. 아, 나는 왜 요로코롬 흐리멍텅헌지 모르겄단 말여."

집에 돌아온 행복감도 잠시, 그는 대문을 열고 들어서자 만감이 교차했다. 차라리 업종이 나를 대신해 장남 역할을 할 수 있다면 얼마나 좋을까.

아버지는 이웃 마을로 출타 중이었고 업종도 집에 없었다. 그는 자신의 방을 찾아 들었다. 모든 것이 가지런히 제자리에 있었다. 그러나 차곡차곡 쌓인 책들을 바라보자 머리가 지끈거리며 아파왔다. 에잇!

공침이는 서울에서 가져온 짐을 내려놓고 뒷간을 향해 걸어가다 일하는 아이를 만났다. 아이는 오랜만에 만난 큰 도련님을 보자 반가운 기색에 고개를 꾸벅, 깊이 인사를 드렸다. 큰 도련님은 늘 불안한 듯 중얼중얼 혼잣말을 했었다. 오늘은 어떨까. 아이는 큰 도련님을 흘깃 살피며 뒷간으로 가는 그의 뒷모습을 바라보면서 살구 나뭇가지 잎을 무심코 잡아당겼다.

아이가 나뭇가지 잎을 잡아 당겼기 때문일까? 나무가 통째로 우수수 떨어지는 듯 온몸이 흔들렸다. 아이는 깜짝 놀라 살구나무에서 순간적으로 몇 발자국 멀찍이 떨어졌다. 이상도 하여라. 나무가 흔들린 것은 한 여자 때문이었다. 하얀 옷을 나풀거리며 한 여자가 나무 위에서 스르륵 내려오는 것이었다. 무슨 일이지? 아이는 정신을 차릴 수 없었다. 여자는 공중에서 부드럽게 내려서더니 피리를 불면서 춤을 추기 시작했다. 피리 소리는 구슬프면서도 아름다웠다. 피리 소리의 리듬에 맞추듯 살구꽃들이 일시에 환하게 피어났다가 우수수 떨어졌다. 그녀에게서 살구향기가 진동

했다. 달콤하고 상큼한 살구 향이었다. 4월에 피어나는 살구꽃이 10월에 어떻게 피어날 수 있는 걸까. 하지만 그녀의 하얀 옷에는 분홍빛 살구꽃이 가득 피어나고 있었다. 처음에는 꽃잎이 한두 개인 듯 보였는데 아이가 공포에 질려 바라보는 짧은 사이에 살구꽃은 그녀의 옷 여기저기서 분홍빛 가득 빠른 속도로 피어났다. 하지만 살구꽃 그녀는 아이를 바라보고 있지 않았다. 그녀는 이 세상사람 같지 않았다. 스르륵 스르륵 움직였다. 두 발의 움직임이 느껴지지 않았다. 아이는 엉금엉금 기어 뒷걸음질 쳤다. 그녀는 피리를 불면서 공침이가 지나간 길을 분홍빛 살구꽃을 뚝뚝 뿌리며 따라갔다. 살구꽃들은 땅에 닿는 순간 햇살에 눈이 녹듯 사라져버렸다.

잠시 후 뒷간에 갔던 공침이는 쓰러진 채로 집안사람들에 의해 발견되었다. 그는 숨도 쉬지 않는 듯 굳어 있었다. 표정은 뭔가에 놀란 듯 공포로 가득 차 있었다. 공침이는 하인들의 도움으로 겨우 방에 눕혀졌다. 의식을 잃고 나무토막처럼 뻣뻣한 그의 몸은 평소보다 몇 배 무거웠다. 여러 명의 장정들이 공침이를 안아 옮기는데도 끙끙대며 땀을 흘렸다. 어수선한 한바탕 소란이 인 뒤에야 이 소식은 공침이의 아버지, 충수에게 전해졌고 충수는 갔던 일을 마치지도 못한 채 총총 부리나케 집으로 돌아왔다.

공침, 충수의 장남. 늘 기를 펴지 못하고 어눌했던 아들.

"공침아, 이게 도대체 무슨 일이란 말이냐! 어쩌다가 이리 되었느냐?!"

의식을 잃고 쓰러진 공침이를 보자 충수의 마음은 무너지는 것 같았다. 공침이의 표정은 기괴하게 일그러져 있었다. 고통을 느끼는 것 같기도 하고 절망스러운 표정인 것 같기도 하고 살짝 비웃고 있는 것도 같았다. 감은 눈은 깊이 패였고 검은 그림자가 드리워져 있었다. 얼굴은 검은 반점들로 덮여 있었다. 검붉었다. 고통스러운 신음소리가 잇몸 사이로 새어나왔다.

"으으으…."

아버지 충수는 공침이의 신음소리를 더 이상 듣고 있기 힘들었다. 온몸의 피가 바짝 마르는 것 같았다. 그는 안절부절못한 채 방안을 돌아다녔다가, 털썩 주저앉아 공침이의 힘없는 손을 잡았다가, 검버섯이 핀 듯 시커멓고 검붉은 아들의 얼굴을 어루만졌다.

이를 어찌한다?! 누구를 불러야 이 일을 해결할 수 있단 말인가. 충수는 이 말 저 말, 공침이의 방 바깥에 모여 웅성거리는 하인들의 말들 속에서 귀신 쫓는 사람, 김석산이라는 이름을 얼핏 들었다. 하인들은 두려움에 떨면서도 '김석산'이라는 이름이 무슨 주문이라도 되는 듯 입에서 입으로 건넸다.

"김석산이라는 무당이 있는디 그 사람이 못 쫓아내는 귀신이 없다능구만. 우리 되련님을 구헐 수 있는 사람은 김석산이빼끼 없을 거여."

"그려? 나도 그 사람 소문을 들어부렀제. 암만 무선 혼령이라도 김석산이라는 이름만 들으믄 무서서 발발 떤다든디!"

충수는 급한 마음에 하인들의 입속에서 오르내리는 석산을 청했다.

"그래! 진정으로 그렇단 말이냐?! 그렇다면 누가 김석산이를 불러올 테냐! 김 서방, 자네가 좀 다녀오게. 촌각을 다투는 일이니 어서 데려 오게나!"
무리 속에서 충수와 눈이 마주친 김 서방은 머뭇거리더니 이내 급한 표정을 지으며 고개를 조아리고 석산이를 찾아갈 준비를 서둘렀다.

충수는 미신을 믿는 사람이 아니었다. 더구나 자신은 양반이 아닌가? 하지만 지금은 마음이 너무 급했다. 아들을 살릴 수만 있다면 무슨 일을 못하겠는가?!

부르러 간 지 몇 시간이 채 되기도 전에 분주한 걸음으로 김 서방은 김석산과 함께 깊은 밤중에 도착했다. 석산이의 손에는 복숭아 나무채찍과 부적이 들려 있었다. 귀신을 쫓는 사람, 김석산. 평소 같으면 평생 얼굴 한 번 부딪힐 일이 없었을 김석산과 설충수가 한 방에 있다. 김석산이는 충수에게 공손히 고개 숙여 절을 하고는 곧바로 복숭아 나무채로 공침이의 몸을 후려치며 주문을 외웠다. 동시에 공침이의 검붉은 이마에다 부적을 붙였다.

"공침 되련님의 몸에서 썩 나가그라! 네가 있을 디가 아니다!"

공침이의 몸이 부르르 떨리며 크게 흔들렸다. 감고 있던 공침이의 눈이 번쩍! 뜨였다. 밖에서 듣고 있던 사람들 또한 문이 닫혀 있음에도 귀를 기울이며 돌아갈 줄 몰랐다. 아니, 돌아갈 수 없었다. 이렇게 귀신이 들린 사람을 곁에서 보는 것은 흔한 일이 아니었기 때문이다.

공침이는 초점은 없으나 반짝이는 눈빛으로 말했다. 그러나 놀랍게도 공침이의 목소리가 아닌, 낮고 서늘한 여자의 목소리가 깊은 우물에서 울려나오듯 음침하게 들려왔다.

"나는 여자이므로 너를 이기지 못해 공침이의 몸에서 나가지만 기다려라. 내 동생 공찬이를 데려올 것이다!"

아니, 이게 무슨 말인가?
공찬이를 동생이라 말한다면 형님네 딸 공심이가 내 아들 공침이의 몸 안으로 들어왔단 말인가? 도대체 왜? 공찬이는 왜 또 데려온다고 하는 건가?

충수는 어지러웠다. 왜 죽은 공심이와 공찬이가 내 아들 공침이의 몸을 빌어 이승으로 돌아오겠다는 말인가? 하필이면 왜 내 아들 공침이란 말인가?

석산의 주문과 부적 덕분일까? 공침이의 고통스럽게 벌어진 입속에서 작은 빛 하나가 빠져나왔다. 그것은 불빛을 깜박거렸다. 자세히 보니 그것은 반딧불이였다. 반딧불이는 공심이의 혼령인 걸까. 공침이의 입에서 반딧불이가 빠져나오자 공침은 쿠르르, 숨을 쉬기 시작했다. 반딧불이가 나갈 수 있도록 석산이는 서둘러 방문을 열었다. 바깥에서 웅성거리던 사람들의 눈에도 깜박이는 반딧불이가 보였다. 반딧불이는 깜박 깜박 불빛을 명멸하며 몇 바퀴 그 자리에서 맴을 돌더니 밤하늘 높은 곳을 향해 날아갔다. 김석산이는 방문을 재빨리 닫고 설충수를 바라보았다. 곧 김석산은 공손히 절한 뒤 부적과 복숭아나무 채찍을 챙겨 물러났다. 충수는 고맙다는 말도 제대로 하지 못하고 석산이를 제대로 배웅하지도 못했다.

"고맙네, 고맙네, 내 이 은혜는 잊지 않겠네."

넋이 나간 공침이의 아버지 충수는 그렇게 석산이에게 말하고 그를 돌려보냈다. 충수는 공침이의 손을 잡고 이마를 짚어 보았다. 규칙적으로 뛰는 맥박에 충수는 깊은 한숨을 내쉬며 가슴을 쓸어내렸다.

4장

공찬이의 혼령이 공침이에게 들어가다

Gong-chim

공침이의 몸에서 공심이의 혼령이 빠져나갔다. 김석산이는 돌아갔다. 방 밖에서 두런두런거리던 소란도 잦아들었다. 사람들은 이제 하나둘씩 등을 돌려 제자리로 돌아가려는 참이었다.

그러나 그도 잠시, 석산이가 돌아간 직후 공침이의 몸이 다시 한 번 크게 출렁거리더니 털썩, 지푸라기처럼 바닥에 내려앉았다.

"음음음…."

다시 한 목소리가 들려왔다. 공침이의 불안한 듯한, 의기소침한, 어눌한 그리고 겁먹은 목소리가 아니었다. 목소리는 무거웠지만 당당했다.

"지는 공찬이여라우. 허고 싶은 말이 있어 잠시 공침이의 몸을 빌릴라고 헙니다. 숙부님께서는 쪼매만 참아 주시더라고요."

충수는 자신도 모르게 뒤로 물러나 앉았다. 이게 무슨 일이란 말인가? 한 사람도 아니고 두 사람씩이나, 그것도 5년 전에 죽은 공찬이가 할 말이 있어 왔다고 내 아들 몸속에서 말하고 있다. 어떻게 받아들여야 한단 말인가. 두렵고 무서웠지만 충수는 아버지였다. 어떻게든 공침이의 몸에서 공찬이를 내보내야 한다.

공찬이는 그날 이후로 시도 때도 없이 공침이의 몸 안으로 들어왔다. 공찬이의 혼령이 들어오면 공침이의 몸은 집안 뒤 사랑채에 있는 살구나무 정자에 가 앉아 있었다. 작지만 튼실하게 지어진 정자 주변으로 살구나무들이 잘 자라고 있다. 살구나무는 과거급제를 바라는 양반들이 정자 주변에 많이 심었다. 공침이의 아버지도 예외는 아니었다. 공침이의 입신양명을 바라며 그는 정성껏 살구나무를 가꿔왔다. 그런 살구나무 정자에서 공찬이는 하루 종일 앉아 있을 때도 있었다. 밥도 살구나무 정자에서 먹었다. 하루 세 번 꼬박꼬박 먹었다. 왼손으로 먹었다.

충수가 물었다.

"내 아들 공침이는 오른손잡이다. 공찬이 너 또한 오른손잡이가 아니었느냐?!"

공찬이는 저승에서는 모든 사람들이 왼손으로 먹는다고 대답했다.

공찬이가 잠깐 공침이의 몸을 떠날 때면 어김없이 반딧불이 한 마리가 공침이의 입 속에서 빠져나와 방문 밖으로 훨훨 날아갔다. 공찬이의 혼령이 사라지고 가끔 제정신이 돌아오면 공침이는 서러워 울면서 아버지에게 말했다.

"아부지! 아부지! 제가 어치케 요로코롬 돼부렀으까요? 너무 고통시럽습니다. 어치케 좀 해주셔야 쓰겄어요."

충수는 김석산이를 다시 불러야겠다고 생각했다. 어떻게든 공침이의 몸에서 공찬이를 내보내야 하지 않겠는가.
석산이는 도착하기 전 이런 처방을 먼저 보내왔다.

"주사 한 냥을 사서 지를 기달리십시오. 지가 가서 다시는 되련님의 몸으로 들어가지 못허게 허겄습니다. 그러니 지 말을 공찬 되련님의 혼령이 들을 수 있게끔 크게 소리 내어 여러 번 말허십시오."

이 말을 들은 공찬이의 혼령은 공손히 공침이의 몸에서 나갔을까?

공찬이가 말했다.

"숙부님께서 제게 고렇게 허신다믄 저는 요렇게 허겄습니다."

공찬이는 말을 마치자마자 공침이의 사지를 비틀었다. 공침이의 팔과 다리는 뼈가 없는 것처럼 뒤틀렸다. 눈을 찢으니 눈자위가 빨갛게 피가 터졌다. 피가 줄줄 흐르는 공침이의 얼굴은 빨간 분칠을 한 귀신같았다. 혀를 빼어내자 혀가 코 위까지 올라갈 만큼 길어지고 귀의 뒷부분까지 걸리는 것이었다. 늙은 종이 이 모습을 보고 놀라 까무라쳤다. 충수는 두려워 견딜 수 없었다. 결국 공찬이에게 무릎을 꿇고 사정할 수밖에 없었다.

"다시는 석산이를 부르지 않겠다."

공침이의 눈빛은 유약하고 초점이 흐렸다. 하지만 공찬이의 혼령이 들어오면 당당한 눈빛으로 바뀌곤 했다. 충수는 이제 누가 공침이고 누가 공찬인가를 헤아릴 수 있게 되었다.
공침이의 몸속으로 들어갔다 나갔다 하던 공찬이가 어느 날, 이렇게 말했다.

"숙부님, 인자 설원이와 윤자신이를 불러 주쇼. 저와 어린 시절을 함께 보낸 사촌들잉게요. 공침이와는 소원했지만서도 갸들은 지한테 참말로 소중헌 추억을 많이 남겨줬당게요. 죽어도 추억은 남습디다. 아니, 죽으면 남는 것은 추억뿐이랑게요. 지가 공침이에게 들어올 수 있었던 것은 공침이의 마음이 약허고 겁이 많아 틈이 많았기 때문여요. 용기 있고 자신감이 넘치는 사람에게는 지 같은 혼령이 붙을 수 없지라우. 틈이 없기 때문여요. 어찌끄나 인자 지가 허고 싶은 말을 허고 떠나겄습니다. 자신이와 원이를 불러주십쇼."

공찬이가 공침이의 몸을 빌려 수시로 드나든 지 3개월이 지나고 있었다. 어느덧 겨울 속으로 계절은 바뀌고 있었다.

5장

공찬이의 저승 이야기

underworld

충수는 사람을 시켜 원이와 자신이를 불러 공찬 앞으로 데려갔다. 쉬쉬하고 있어도 소문은 발 없는 말이어서 천리를 가는 법. 원이와 자신이도 이미 공찬이에 관한 소문을 들어 익히 알고 있었던 터라 부리나케 달려왔다. 하지만 공침이의 몸에서 나오는 공찬이의 목소리는 낯설었으며 두렵기도 했다. 멀리서 들리는 듯도 했고 동굴에서 소리칠 때처럼 울림이 강해서 귀를 기울여야만 했다. 서먹서먹 어찌할 바를 모르고 있는 자신이와 원이였다. 공찬이의 뒤에서 공침이의 아버지 충수가 서성거렸다. 안절부절못하고 앉아 있는 두 사람을 보자 공찬이는 기쁨과 슬픔이 교차하는지 펑펑 눈물을 쏟아냈다.

"내 자네들과 이별헌 지 벌써 5년이나 지났다고 허네. 저승은 시간이 상대적이어서 요렇게 많은 시간이 흘렀는 종 여그 와서야 알었어. 우리가 함께 헌 시간들이 너무 소중혀. 자네들이 참으로 많이 보고 자펐네."

공찬이가 눈물을 뚝뚝 흘리자 원이와 자신이도 조금씩 짠한 마음이 일었다. 어색하고 두려운 마음을 넘어 조심스럽게 물었다.

"요렇게 만날 수 있당게 허벌나게 놀랍고 기절초풍헐 일이여. 그려, 자네가 있는 저승은 어떤 곳인가?"

"저승은 바닷가에 있다네. 여그서 40리 거리제. 우리들은 저녁 무렵 출발허믄 자정이믄 도착혀. 허지만 성문이 열리는 시간이 새벽이니 기둘려야 헌다네."

낯선 이야기였다. 이승에 앉아 있는데 저승에서 온 이의 이야기를 들을 수 있다니 얼마나 놀라운가.

"저승의 이름은 단월국이라고 혀. 중국과 근방 모든 나라에서 죽은 사람들이 몰려들어 수를 헤아릴 수도 없다네.
저승을 다스리는 염라대왕을 죽은 자들은 비사문천왕이라고 부르네.
나맹키로 죽은 사람들이 저승에 막 도착허믄 이승에서 살아온 이야기들을 다 고해야 헌다네. 뭣보담 내 삶뿐만 아니라 부모님, 동기간, 친족들의 상세한 이야기를 다 고해야 혀. 나는 나 혼자 살아온 것이 아니라 조상들과 깊숙이 연결되어 있고 내 주변 사람들과도 끈적끈적하게 관계를 형성허고 있기 때문이제."

자신이와 원이는 침을 꿀꺽 삼켰다. 뒤쪽에서 서성이던 충수도 예외는 아니었다.

"저승사자들은 이야기를 들음서 쇠 채찍으로 자꾸 내리친다네. 맞기가 엄청시리 고통시러. 하도 힘들어서 먼저 돌아가신 엄니와 공심 누이의 이름을 댔는디도 또 치려고 허더란 말일세. 그 순간 아부지께서 늘 말씀해 주시던 설위 증조부가 퍼뜩 떠오르지 않겠나. 근디 신기허게도 생각허는 순간 설위 증조부 앞에 내가 서 있는 거여. 설위 증조부는 나한티 편지 한 통을 싸게 써주시더군. 나는 그 편지를 갖고 다시 돌아와 저승사자에게 전해주었제. 편지를 읽어본 뒤 그는 나를 풀어주었어."

생각하면 생각하는 대로 펼쳐진다고?! 놀랄 만한 일이다. 하지만 신기한 것은 그것만이 아니다. 저승과 이승이 만나고 있는 지금이야말로 신기하지 않을 수 없는 순간이었다. 공찬이는 내처 이야기를 이어갔다.

"내가 저승사자에게서 풀려나자 설위 증조부가 내 앞에 나타나셨어. 그리고 저승 여그저그를 돌아댕김서 설명을 해 주셨네.

이승에서 어질고 부지런허게 살았으믄 저승에서도 잘 지내게 되지. 불쌍허고 가련헌 사람에게 적선을 많이 혔던 사람이 그곳에서는 가장 높은 품계를 갖고 있었어.

증조부님 덕분에 공심 누님도 만나게 되얐어. 얼매나 기쁘던지. 누이는 살구꽃모냥 화사헌 모습 그대로를 간직허고 있었네. 누이도 나를 보더니 눈물을 뚝뚝 흘림서 기뻐했다네. 이승에서는 만날 수 없었던 설위 증조부 덕분에 우리는 결국 만나게 된 셈이네. 누이는 공무를 보고 있던 참이었네. 이승에서는 글솜씨가 아무리 뛰어나도 쓸모가 없었지만 저승에서는 여자라도 글 솜씨가 뛰어나기만 허믄 어떤 소임이든 다 맡을 수 있다네.

공심 누이는 죽어서 저승에 온 사람들을 애타게 지달리는 이승 사람들의 마음을 헤아리는 역할을 맡고 있었어. 그들은 이승에 있지만 저승으로 간 사람들을 잊지 못해 애가 닳아서 살아도 산 것이 아닌 삶을 살고 있거든. 그 명부에는 아부지 이름도 쓰여 있었다네.

우리가 이승으로 내려온 것은 사실 아부지 때문이여. 이승에서는 이승의 일이 있고 저승에서는 저승의 일이 있는 법. 아부지가 상심이 커 우리 두 남매를 잊어부리지 못허는 애절한 마음은 모르는 바 아니여. 허지만 아부지가 우리를 마음에서 떠나보내지 못헐수록 저승에 있는 우리 또한 마음이 편치 않혀. 우리는 생각으로 연결되어 있는 존재들이라네. 이승과 저승도 결국은 생각으로 만들어진 세상일지도 모르네. 아부지의 간절한 생각은 저승에 있는 우리에게까지 연결될 만큼 강력허네. 허지만 그 바람이 뜨거운 만큼 아부지는 이승에서 불행할 수밖에 없다네. 우리가 저승에서 각자 맡은 소임을 다할 수 없을 만큼 영향을 주고 계시네. 이승과 저승이 나누어 진 것은 반드시 이유가 있다네. 이승에서의 삶이 저승에서의 삶을 결정하는 거여. 이승에서의 규칙과 저승에서의 규칙은 다르지 않네. 허지만 경험혀야 헐 것들이 다르지. 이승에서 살아온 만큼 저승에서 대가를 치르게 되어 있어. 아부지는 이승에서 살아야 헐 몫을 우리에 대한 그리움 때문에 제대로 살아내지 못허고 계시네.

언젠가는 누구든 이승을 떠나 저승으로 올 수밖에 없다믄 이승에서의 삶에 충실해야 헌다네. 이승에서의 공덕에 따라 저승에서의 삶이 결정되는 거여. 세상의 모든 것은 치밀허게 연결되어 있어 결코 따로 떨어져 나온 것은 하나도 없는 셈이제.

저승에서 서럽게 살지 않을라믄 이승에서 원한을 사지 말고 악덕을 쌓아서는 안 된다네. 특히 당나라의 주전충 같은 사람은 지옥 중에서도 견디기 힘든, 꺼지지 않는 불의 형벌을 받고 있었어. 뜨거운 불이 온몸을 불살르는디 이 불은 결코 식는 뱁이 없는 거여. 불지옥은 그야말로 아비규환, 죽어서도 죽었다고 말 헐 수 없는 끔찍한 형벌이 영원히 계속된다네."

공찬이는 이쯤에서 잠시 말을 멈췄다. 저승과 이승이 연결되어 있다고 공찬이가 말하고 있다. 이승에서의 삶과 저승에서의 삶이 결코 다르지 않다고 공찬이가 말한다. 원이와 자신, 그리고 잠자코 곁에서 듣고 있던 공침이의 아버지 충수도 자신도 모르게 마른침을 삼켰다.

삶이란 무엇인가. 죽음이란 또 무엇인가. 이승에서 내 마음대로 산다면 그만큼의 대가를 죽어서 저승에서 치러야 한다고 공찬이가 말하고 있다. 집착도 내려놓고 욕심도 내려놓고 분노도 내려놓고 오직 선한 마음으로 착한 일을 해야만 저승에서도 대접을 받는다고 공찬이가 말하고 있다.

선이란 무엇이고 악이란 무엇인가. 사랑이라는 이름으로 충란이가 끊어내지 못한 자식에 대한 절절한 마음이 저승에 간 공찬이와 공심이를 이승으로 불러들일 만큼 간절하다면 그 간절한 마음으로 자신의 삶에 집중해야 옳다고 공찬이가 말하고 있다.

"나 또한 마찬가지였네. 공심 누이가 죽고 난 뒤 나는 삶의 의욕을 잃어부렀어. 아버님을 위해서든 나 자신을 위해서든 혹은 죽은 누이의 몫을 위해서라도 나는 더 열심히, 더 성실허게 내 삶을 살아야 혔네. 허지만 나는 그러지 못혔어.

내가 죽기 전, 밤중에 만났던, 살구나무 아래의 톱니바퀴는 사실은 공심 누이의 열망이었어. 내가 너무 간절하게 공심 누이를 부르니 공심 누이가 나타나지 않을 수 없었던 거제.

그것은 생사의 수레바퀴였네. 그 수레바퀴를 내 눈 앞에 나타나게 헌 것은 결국 나의 생각이었던 것이제. 삶이란 모든 것이 나의 '생각'으로 이루어진 거대한 우주라네. 내가 가진 생각이 현실을 만들어 내는 거여.

내가 한 생각을 더 해 어려서 죽은 엄니와 누이를 위해 내 생을 열심히 살았더라면 아부지에게 커다란 슬픔을 더해드리지 않았을 것을. 이 말을 하고 싶어 이렇게 공침이의 몸을 빌려 자네들을 만나러 온 것이라네.

공침이도 마찬가지여. 집안의 장남으로서 숙부님의 기대치가 높은 것은 어치케 헐 수 없지만 양반의 자식으로서 공부란 어쩔 수 없는 우리들의 숙명이자 의무이기도 한 것을 그는 알지 못했네.

자신의 삶의 주인이 되지 않으면 살아서도 지옥을 경험허게 되는 거여. 자네들의 삶을 충실히 살게. 살아서 최선이 죽어서도 최선이 될 수 있도록 말여.

아부지께도 잘 말씀드려줘. 우리를 위해서라도 이승에서 건강허게 사셔야 헌다고. 늘 가난헌 사람들을 잘 돌봐주시라고. 선한 삶을 사는 것, 나눠주는 삶을 사는 것, 감사하며 사는 것, 최선의 삶을 사는 것은 결국 나 한 사람만을 위헌 것이 아니라 우리 모두의 선이 될 거라고 말여."

6장

비사문천왕:
착한 사람 복을 받고,
나쁜 사람
벌을 받고

the Lord of underworld

다시 쓰는 **설공찬전**
6장 비사문천왕: 착한 사람 복을 받고, 나쁜 사람 벌을 받고
· the Lord of underworld

잠시 침묵이 흘렀다. 공찬이는 아무 말도 하지 않았다. 원이와 자신, 그리고 조용히 그들과 함께 앉아 있던 충수마저도 깊은 생각에 잠긴 듯 말이 없었다. 시간이 흐르는 것도 잊어버린 듯했다. 적막을 깨고 공찬이가 천천히 다시 말을 이었다.

"저승은 비사문천왕이 다스리는 곳이라네. 염라대왕이지. 그가 사는 궁궐은 장엄허고 위엄이 넘치는 곳이여. 황제라 칭허는 중국의 임금조차도 비사문천왕 앞에서는 고개를 수그리고 엎뎌야 허는 곳이제."

하루는 중국의 성화 황제가 신하 애박이를 염라대왕에게 보내왔네. 성화 황제가 애끼는 신하가 병이 들어 죽을 지경이 되었는디 한 해만이라도 더 목숨 줄을 이어주었으믄 혔던 거제. 애박이는 성화 황제를 대신해 애걸혔네.

"비사문천왕님, 성화 황제가 아끼는 신하가 있사옵니다. 1년만 목숨을 연장해 주시옵소서."

비사문천왕은 성화 황제가 보낸 애박이에게 이렇게 말혔어.

"그래! 성화 황제가 그렇게 아끼는 신하가 있단 말이지! 목숨 줄이 언제까지인지는 이미 정해져 있어 나도 마음대로 할 수 없지만 이렇게 먼 길을 와서 간절히 부탁하니 어쩔 수 없구나. 1년은 불가하나 한 달의 말미를 줄 테니 천천히

죽음을 준비하라 일러라."

애박이는 당황해서 다시 청했어.

"비사문천왕님, 저희 성화 황제께서는 1년의 말미를 청하셨습니다. 한 번만 청을 들어주시옵소서."

천하에 말대꾸라고는 들어본 적이 없는 염라대왕은 버럭 화를 내며 말했어.

"이놈이, 여기가 어딘 줄 알고 감히 입을 놀리느냐? 내 앞에서 지금까지 뭔가를 요구하러 온, 이승에서 온 인간은 없었다. 허나 이렇게 먼 길을 찾아온 것을 갸륵히 여겨 내 온정을 베풀었는데 나에게 다시 청을 한단 말이냐? 에잇! 어서 돌아가거라! 너를 용서치 못해 뜨거운 불통에 넣어버리기 전에!"

애박이는 벌벌 떨면서 물러났어. 얼마 지나지 않아 중국의 성화 황제가 직접 염라대왕을 만나러 왔다네. 그는 이승에서는 세상에 둘도 없는 절대적인 권세를 누리는 사람일지 몰라도 저승에서는 한낱 이방인에 불과허지. 성화 황제 뒤에는 죽음을 앞두고 저승 빛으로 안색이 어두운 그의 신하가 어쩔 줄 모른 채로 서 있었다네. 죄를 물을 때는 이승에서 지위가 높고 낮은 것은 의미가 없어. 성화 황제는 안절부절못하며 염라대왕 앞으로 걸어 나왔네. 그리고는 무릎을 꿇고 고개를 조아림서 자신의 잘못에 대해 사죄혔어.

"비사문천왕님, 제가 잘못했습니다. 죽을 죄를 지었습니다. 소인이 미욱하여 실수를 하였으니 부디 한 번만 너그러이 용서해 주십시오."

하지만 성화 황제가 그 먼 길을 걸어 저승까지 왔는디도 화가 끝까지 나 있던 비사문천왕은 성화 황제를 친절허게 맞아주지 않았네. 그러고는 신하들헌티 요롷게 말혔네.

"성화 황제, 당신 신하된 자의 죄가 몹시 무겁구나. 감히 제 왕에게 그런 부탁을 하게 한 것도 모자라 이승에서 살아온 행실을 보니 용서받지 못할 죄를 많이 지었구나. 이승과 저승을 살아가는 방법은 결코 다르지 않다. 이승에서 가난하더라도 선을 베풀며 존귀하게 살았다면 저승에서도 귀하게 살 것이다. 그러나 이승에서 남한테 모질게 하고 고통을 주고 이기적이며 아무런 공덕을 쌓아놓지 않았다면 당연히 저승에서 그만큼의 대가를 치르게 되어 있다. 이승에서 특별히 드러난 공은 세우지 않았다 하더라도 성실하고 청렴하게 살았다면 그 공과에 따라 대우를 받는 것이다. 저기 왼편에 앉아 있는 민후를 보아라. 그는 이승에서 가난하게 살았지만 가지고 있는 것을 아낌없이 나눠주었다. 자신은 며칠을 먹지 못하고 굶으면서도 말이다. 그러니 그는 죽음 이후의 삶이 이렇듯 편안한 것이다. 그런데 너는 어떠냐. 이승에서 절대 권력을 쥐고 있는 중국 황제의 총애를 받으며 살아온 평생 동안 누군가를 위해 한 번이라도 선을 베푼 적이 있었더냐? 아첨하고 속이고 분란을 일으키고 이간질하고 원하는 게 있으면 수단방법을 가리지 않고 네 것으로 만들었다. 게다가 저승에 오기도 전에 나의 권한인 생사여탈의 권위까지 침범하였으니 그 죄가 매우 무겁다. 네 죄를 네가 알겠느냐! 여봐라! 저 신하되는 자를 잡아다가 팔팔 끓는 솥에 손을 넣고 삶아라. 그것이 저 자가 치러야 할 첫 번째 고통이 될 것이다."

염라대왕인 비사문천왕은 벌벌 떨고 있는 신하를 손가락으로 가리키며 고렇게 말했네. 성화 황제의 신하는 성화 황제를 간절한 눈빛으로 바라보았어. 어치케든 이 상황을 모면허고 싶었겠지. 허지만 성화 황제조차 염라대왕의 분노를 산 마당에 어치케 신하를 돌볼 수 있었겠나. 그 신하는 곧 쇠사슬을 든 저승사자들한티 질질 끌려갔네. 그의 고통스러운 비명 소리가 지금도 들리는 것 같네.

비사문천왕은 무릎을 꿇은 채로 머리를 수그리고 있는 성화 황제에게 말했네.

"내 너에게 지옥 구경을 시켜주마. 이곳은 죽은 자들은 올 수밖에 없는 곳이지만 이승에 있는 너 같은 자들은 결코 올 수 없는 곳이며 와서도 안 된다. 너는 중국 황제라는 역할을 맡아 이승에서 산 채로 이곳에 왔다만 언젠가는 너 역시 죽어서 죽은 자로서 이곳에 올 것이다. 네가 얼마나 백성들에게 선정을 베풀고 살아왔는지는 모르겠다. 선정을 베풀었다면 저승에 와서도 그에 따른 예우를 받게 될 것이다. 그러나 네 자리의 힘을 빌려 온갖 악행을 저질렀다면 너 역시 그 죄에 대한 대가를 치러야 할 것이다.

너는 굶주림의 고통을 느껴본 적이 있느냐? 굶주린 백성들을 위하여 무엇을

다시 쓰는 **설공찬전**
6장 비사문천왕: 착한 사람 복을 받고, 나쁜 사람 벌을 받고
· the Lord of underworld

했느냐? 굶주림은 너희 인간들이 오랫동안 겪어온 고통 가운데서도 매우 커다란 고통이라고 들었다. 네가 만약 굶주린 백성들을 돌보지 않았다면 너는 이곳에 와서 굶주림이 무엇인지 처절하게 배우게 될 것이다. 끝도 없는 배고픔이라는 극한 고통에 시달릴 것이다. 네 눈앞에 산해진미가 있어도 너는 그것을 결코 먹지 못할 것이다.

너는 네가 정복한 나라의 백성들을 고문한 적이 있느냐? 살아 있는 것이 죽는 것보다 못하다고 느낄 만큼 처절한 고통을 적들에게 준 적이 있느냐? 그렇다면 너는 그들에게 준 고통만큼의 고통을 최소한 받게 될 것이다. 네가 상상하는 모든 고문의 형태를 너 또한 네 온몸으로 겪게 될 것이다. 고통은 끝이 없으되 결코 멈추지도 않을 것이다.

너는 백성들이 어두컴컴한 길을 갈 때 기름을 나눠준 적이 있느냐? 그렇다면 네가 죽어 저승으로 걸어올, 불빛 하나 없이 컴컴하고 어두운 길에 누군가가 너를 위해 등불을 밝혀 줄 것이다. 너는 네 나라에서 나오는 온갖 아름다운 음식들을 날마다 먹어왔을 것이다. 너 자신과 백성들을 위하여 한 번이라도 굶어본 적이 있느냐? 그렇다면 너에게 우유 한 잔이 주어질 것이다.

너에게 죄가 있다면 벌레가 네 온몸을 뜯어 먹을 것이다. 벌레들이 네 몸속 깊이 파고들 것이다. 똥오줌통에 빠지기도 할 테지. 그러면 그 지독한 냄새 때문에 너는 곧 기절할 게야. 그러나 다시 깨어 무간지옥을 경험해야만 한다. 피

가 흐르는 냇가에서 끝없이 목욕을 하게 될 것이다. 네가 죽인 자들의 핏방울 수만큼 오랜 시간을 그곳에 있어야 한다면 어떻겠느냐. 끈적끈적한 핏방울이 네 온몸을 휘감는다면? 그러나 깨끗한 물 한 모금 마실 수 없다면 너는 어떻게 하겠느냐? 네 갈증은 네 온몸을 타는 듯한 고통으로 가득하게 만들겠지. 그러나 온몸이 오그라드는 고통 속에서도 너는 어떤 도움도 받지 못한다. 네 온몸은 타서 없어지고 허물어져 없어질 것이다. 그러나 없어지면 다시 살과 거죽이 붙어 똑같은 고통을 네 죄가 씻길 때까지 겪어야만 한다. 타오르는 불 속에서 고통을 당할 수도 있다. 살이 탈 만큼 뜨겁고 검은 새끼줄로 온몸이 묶여 옴쭉달싹 못한 채로 하염없이 불에 탈 것이다. 다 타고 나면 살과 거죽이 또다시 생겨난다. 그렇게 너는 네 죄가 씻길 때까지 고통에 고통을 당해야만 한다.

네가 이승에서 선을 행하였다면 너의 죽음은 복될 것이지만 네가 네 삶을 제대로 살지 못했다면 그에 따른 죄 씻음을 이곳에서 경험하게 될 것이다. 이제 가라. 가서 남은 생을 살다가 때가 되면 다시 오너라. 다시는 산 사람으로 이곳에 오지 말 것이다. 알겠느냐!"

성화 황제는 이미 제 정신이 아니었네. 그는 무릎을 꿇은 채 벌벌 떨고 있었네. 지금껏 그가 살아온 삶은 어떠했을까? 모든 것을 가졌다고, 무소불위의 권력을 맘껏 휘둘렀을 그의 행위들이 만화경처럼 비사문천왕이 앉아 있는 뒤편 거울에 비쳐졌다네. 그곳에 있던 우리들은 모두 보고 말았다네. 성화 황제가 이승에서 그때까지 살아온 모든 것들을 말일세.

다시 쓰는 설공찬전
6장 비사문천왕:착한 사람 복을 받고, 나쁜 사람 벌을 받고
· the Lord of underworld

　　자네들도 명심허게. 각자가 이승에서 살아온 만큼 저승에서 그 대가를 치러야 헌다는 사실을 말일세.

　　공찬은 긴 이야기를 단숨에 풀어놓았다. 방에 함께 앉아 있던 자신과 원, 그리고 충수는 머릿속으로 그려지는 무시무시한 풍경들을 마치 눈앞에서 보는 듯 상상하며 두려움에 떨었다.

　　"인자 내 얘기는 다 끝난 것 같네. 이승에 내려와 내가 헐 수 있는 일은 이만허믄 다 헌 것 같고. 잘 생각해 보게. 우리가 어찌서 인간으로 태어나 이승이라는 세상을 경험허는지 말일세. 삶은 삶만으로 끝나는 게 결코 아니라네. 세상을 경험힘으로써 우리는 뭔가를 가슴에 품고 세상을 떠나야 헌다네. 그럴라믄 부지런히 배우고 익히고 선을 행하믄서 살아야 헌다네. 이제 다른 말은 허지 않아도 다 이해허리라 믿네. 이제 나와는 저승에서 다시 만나세나."

　　공찬이는, 아니 공침이의 몸은 피곤한 듯한 얼굴 표정을 지었다. 지쳐보였다. 할 말을 다 토해 놓은 공찬이의 영혼도 이제 쉬어야 할 때가 된 것 같았다. 해가 저물었다. 어

둠이 순식간에 몰려왔다. 공침이의 방에 촛불이 켜졌다. 바깥에서 보니 촛불 때문에 네 사람의 그림자가 조금씩 흔들렸다. 그 중 한 사람의 몸이 바람에 쓰러지는 볏단처럼 털썩 바닥으로 넘어졌다. 어두워진 하늘에 별들이 하나둘 불을 켜기 시작했다. 하늘에서 뚝 떨어진 듯 별을 닮은 반딧불이들이 하나둘 공침이의 집 담장을 넘어 모여들기 시작했다. 밤이 깊어갈수록 밤하늘의 별들이 내려와 집안을 따뜻하게 감싸는 것 같았다.

7장

작별 그리고 새로운 시작

new start

공침이는 눈을 떴다. 잠시 어리둥절했다. 여기는 어디인가. 차가운 공기가 느껴졌다. 공침이는 곧 자신이 자신의 방 안에 누워 있음을 깨닫는다.

공찬이가 사라졌다! 내 몸 안에서 나갔다! 이제 내 몸은 온전히 나만의 것이다!

공침이는 이부자리 속에 누워 천장을 바라보았다. 고개를 들어 방 안을 둘러보았다. 촛불이 조용히 타고 있었다. 촛불이 조금씩 흔들릴 때마다 방 안의 물건들이 출렁거리며 다양한 무늬를 만들었다.

다시 쓰는 설공찬전
7장 작별 그리고 새로운 시작 · new start

내 방이다. 내 책들이 이곳에 가득 쌓여 있다. 저 책들을 지금까지 나는 이물스럽게만 바라보았었다. 아, 이제 나는 나 자신을 조금 알 것 같다.

공찬 형님이 내게 말하지 않았는가. 아니, 원이와 자신 형님에게 말하지 않았는가.

"집안의 장남으로서 숙부님의 기대치가 높은 것은 어쩔 수 없지만 양반의 자식으로서 공부란 어쩔 수 없는 우리들의 숙명이자 의무이기도 헌 것을 그는 알지 못혔네. 자신의 삶의 주인이 되지 못허믄 살아서도 지옥을 경험허게 되는 거여."

공찬이의 말이 공침이의 귀에 맴맴 돌았다. 공찬이가 그에게 들어와 자신의 몸을 차지했을 때 공침이는 아주 작은 먼지 한 톨이 되어 자신의 몸 한 귀퉁이에 쪼그리고 있어야 했다. 공찬이의 말 한 마디 한 마디가 공침이의 귀에는 천둥소리처럼 울렸다.

사람은 누구나 한 생을 산다. 삶과 죽음의 경계를 뚫고 공침이의 몸으로 들어온 공찬이는 공침이에게는 공포의 대상이었고 자신의 몸을 앗아간 분노의 대상이었다. 하지만 공찬이가 자신과 원이 형님을 불러 놓고 이야기를 풀어 나갈 때 공침이는 자신의 몸 한 귀퉁이에 쪼그려 앉아 공찬이의 말을 들었다. 공찬이의 말을 들으면서 공침이는 지나온 자신의 시간들을 돌이켜 보았다.

그는 설 씨 집성촌에서 자랐다. 늘 대우만 받으며 자랐기 때문에 무언가를 얻고 누리는 것은 당연한 일이었다. 그는 불평불만만 많았고 감사가 없었다. 그저 공부를 할 수 있다는 것만으로도 감사한 일이라는 사실을 전에는 생각해 본 적이 없다. 건강한 몸으로 산다는 것이 이렇게 귀한 일이라는 것도 생각해 본 적이 없다. 그저 늘 공부해야 한다는 강박 때문에 삶 자체가 두려웠다.

하지만 공찬이가 말하지 않았는가. 어차피 인간은 누구나 죽는다. 그렇다면 살아 있는 동안 자신의 삶에 최선을 다해야 한다. 그래야 죽은 뒤에 살아서 행한 만큼의 평가를 받는다고 하지 않는가. 힘들다고 죽는 것은 결코 해답이 아니라는 사실도 그는 깨달았다. 간혹 공부를 통해 입신양명해야 한다는 엄청난 압박감에 시달릴 때마다 그는 죽음을 생각하곤 했던 것이다. 그런데 공찬이가 말해 주었다. 살아서 최선을 다해 살지 않으면 죽어서도 고통을 받게 되어 있다고. 삶과 죽음은 결코 다르지 않다고.

공침이는 이제야 깨닫는다. 정말로 두려워해야 할 것은 자기 자신으로 살 수 없는 것이라는 사실을.

'공찬 형님이 아니었다믄 내가 평생 이 사실을 깨달을 수 있었을까. 만약 늘 그대로의 생활이 계속되었다믄 나는 시방도 여전히 어른들의 눈치를 보며 공부라는 강박에 싸여 그 무게감 때문에 삶 자체에 고통을 느꼈을 것이다. 허지만 인자는 안다. 나 자신으로 살 수 있다는 사실만으로도 인간은 충분히 행복헐 수

있음을….'

공침이는 차가운 바람을 일으키며 일어나 앉았다. 이부자리의 감촉을 두 손으로 만져 보았다. 보드라운 천이 손바닥에 느껴졌다. 섬세한 바느질로 만들어졌을 꽃문양들의 입체감도 새삼스럽게 느껴졌다.

'아니, 어쩌면 나는 지금껏 내가 덮고 자는 이부자리에 한 번도 눈길을 주지 않았을 것이다. 내게 주어진 것들에 대한 감사란 없었으니까. 내가 누리는 이 모든 것들이 당연한 것이라고만 생각했으니까.'

공침이는 자신의 손가락도 양 손으로 서로 만져 보았다. 굵기도 하고 가느다랗기도 한, 울퉁불퉁한 손가락 마디마디를 소중한 보물을 만지듯 쓰다듬었다. 얼굴도 조목조목 정성스럽게 만져 보았다. 툭 튀어나온 코와 좁은 이마, 두꺼운 입술. 예전 같으면 자신의 얼굴 생김새만으로도 불평을 늘어놓았을 공침이는 이제 이 얼굴이 얼마나 소중한 자신의 얼굴인가를 느낄 수 있었다. 자신의 목소리, 자신의 얼굴, 자신의 걸음걸이, 자신의 생각들이 섬세하게 온몸으로 느껴졌다. 그는 공찬이로 인해 다시 태어난 것이다.

그는 공찬이에 대한 감사함으로 마음이 가득 찼다. 그는 공찬이가 자신에게 들어와 자신을 바꿨음을 깨달았다. 고마운 마음, 감사하는 마음이 밀려 왔다. 그는 공찬이에 대한 생각에 가슴이 부풀어 올랐다. 바로 그때 그는 보았다. 미세하게 흔들리는 촛불 곁에서 반짝이는 불빛을. 그것은 반딧불이었다. 반딧불이는 출렁이듯 위아래로 움직이며 공침이에게 날아왔다. 반딧불이는 공침이의 오른쪽 귀까지 바짝 다가왔다. 반딧불이의 불빛이 꺼졌다 켜졌다를 반복했다. 반짝이는 별 같았다. 공침이는 반딧불이가 공찬이의 영혼일지도 모른다는 사실을 얼른 알아차렸다. 반딧불이 쪽에서 가느다란 음성이 들려왔다.

"공침아, 나 공찬이여. 네 생각이 나를 불러서 잠깐 다시 왔단다. 이제 떠날 시간이 되었구나. 그동안 미안허고 고마웠다. 잠깐 동안이지만 이승에 다시 올 수 있어서 좋았어. 아부지를 만나지 못허고 떠나지만 그래야만 헌단다. 아부지에게 우리가 잘 있다는 사실을 꼭 전해주렴. 그리고 내가 네 몸을 빌릴 수밖에 없었던 이유도 인자 잘 알겠지. 깨우쳐야 혀. 우리 모두. 우리가 인간의 몸을 입고 세상에 태어나는 이유는 배우고 성장허기 위해서란다. 잊지 마. 생각이 전부여. 너의 생각이 결국 나를 불러들였다는 사실을 잊지 마. 앞으로 살아가는 동안 힘들고 고통스러운 일들을 끊임없이 만날 거여. 허지만 그때마다 나를 기억혀. 생각이 전부라는 것을. 너의 생각이 나를 이곳으로 불러들였다는 사실을 말여."

공침이는 저절로 고개를 끄덕였다. 공침이는 무릎걸음으로 책 무덤으로 다가갔다(그는 책이 늘 무서웠으므로 책들이 쌓여 있는 한 켠을 바라보며 '책 무덤'이라고 불렀다). 한 권을 펼쳤다. 명심보감이었다.

주자(朱子)의 권학문(勸學文)이 눈에 띄었다. 학문을 권함, 즉 공부하기를 권함.

少年易老 學難成이니
(소년이로 학난성)
一寸光陰 不可輕이라.
(일촌광음 불가경)
未覺池塘 春草夢인데
(미각지당 춘초몽)
階前梧葉 已秋聲이라.
(계전오엽 이추성)

勿謂今日 不學而有來日하며
(물위금일 불학이유내일)
勿謂今年 不學而有來年하라.
(물위금년 불학이유내년)
日月逝矣나 歲不我延이니
(일월서의 세불아연)
嗚呼老矣라, 是誰之愆인고.
(오호노의 시수지건)

소년은 금방 늙고 학문은 이루기 어렵구나.
짧은 시간이라도 가볍게 여기지 말라.
연못가의 풀들은 봄의 풀들을 꿈꾸는데,
섬돌 앞 오동나무 이파리는 벌써 가을 소리를 내는구나.

오늘 공부하지 않으면서 내일이 있다고 말하지 말라.
올해 공부하지 않으면서 내년이 있다고 말하지 말라.
해와 달이 저물듯 세월은 나를 기다려주지 않느니,
오호라, 늙었구나, 이것은 누구의 허물인가.

공침이는 새롭게 깨닫는다. 배운다는 것이 어떤 의미인지를. 지금까지는 아버지와 어른들에 의해 어쩔 수 없이 쫓기듯 하는 공부를 해왔다.

'내 스스로 재미있어서 공부를 혀 본 적이 한 번도 없었구나. 인자는 나 자신을 위헌 공부를 시작해야겄다.'

반딧불이는 공침이의 마음을 읽기라도 했다는 듯 방문을 향해 날아갔다. 공침이는 스르륵 일어나 반딧불이, 아니 공찬이의 뒤를 따라 일어선다.
그는 자신의 방을 나와 마루에 걸터앉아 신발을 꿰어 신었다. 사위는 적막하나 두렵지 않았다. 그는 이 고즈넉함에 평화를 느꼈다. 그리고 공찬이가 늘 앉아 있곤 하던 살구나무 정자까지 느리게 걸었다.

'공찬 형님은 공부를 즐겨 혔었다. 그는 출중허고 무엇을 허든 빠른 속도로 배웠다. 그는 공부허는 것을 진정으로 즐겼던 것이로구나. 그런 그가 없으니 큰아버님은 얼매나 적적헐 것인가. 인자부터는 내가 큰아버지의 아들이 되어 공찬 형님의 몫까지 살아야겄다.'

그는 늘 구부정하게 구부리고 다니던 어깨를 폈다. 깊은 숨을 들이쉬고 내쉬었다. 자신의 키가 한 뼘쯤은 커진 것도 같았다. 그는 자신에게 미소를 지었다.

"삶과 죽음이 다르지 않다."

공침이는 혼잣말을 하며 정자에 살며시 앉았다. 엉덩이에 차갑게 느껴지는 나무의 결을 손바닥으로 쓸어보았다. 소중한 느낌이 가슴 속에서 일었다. 정자 곁을 든든히 지키는 살구나무들이 눈에 띄었다. 공찬 형님이 왜 이 정자에만 와서 앉아 있었는지 그는 지금은 안다. 정자를 둥그렇게 두르고 서 있는 살구나무들. 어린 시절, 공심 누이와 함께 나눴던 추억이 깃든 바로 그 살구나무인 것이다.

아버지가 우리 집에 심었던 살구나무들은 나의 입신양명을 위한 것이었다. 그래서 나는 살구나무가 너무 싫었다. 하지만 공찬 형님에게 살구나무는 공심 누이였다. 나도 공찬 형님 댁에 놀러갈 때마다 살구나무 아래에 앉아 있는 공심 누이를 보았었지.

살구나무들 너머로는 대나무 밭이었다. 대나무들은 새벽녘 고요한 바람 소리에 맞춰 부드럽게 온몸을 흔들고 있다.

그는 눈을 들어 정자 옆을 바라보았다. 반딧불이가 반짝거리고 있다. 그곳에는 묵직한 부피가 느껴지는 바위 하나가 앉아 있었다. 그는 바위를 한참동안 말없이 바라보았다. 바위는 정자에 기댄 것처럼 바짝 붙어 있었다. 앉을 수 있을 만큼 판판했고 투박하지만 거칠어 보이지 않았다.

다시 쓰는 **설공찬전**
7장 작별 그리고 새로운 시작 · new start

'아, 나는 지금껏 내 집안에서 숨 쉬는 저 바우를 한 번도 지대로 바라보고 눈인사를 해 본 적이 없었구나. 정자 옆에 바우 하나가 저렇게 순허게 앉아 있다는 사실이 왜 인자사 보이는 걸까.'

공침이는 모든 것을 찬찬히 바라보았다. 예전에는 존재하고 있다는 사실조차 깨닫지 못했던 많은 것들이 하나씩 하나씩 그의 의식 속에서 살아나고 있다. 그는 살구나무 정자만큼이나 바위 한 덩어리를 경이로운 시선으로 오랫동안 바라보았다.

'인자 저 바우는 나를 위한 바우가 되리라. 공부허다 지칠 때, 삶이 숙제처

럼 느껴질 때 늘 저 바우에 앉아 위로를 받으리라. 정자를 둘러싼 살구나무가 공찬 형님과 공심 누이의 추억이라믄 이제 저 바우는 내 삶의 추억이 되리라.'

공침이는 몸을 살짝 움직여 바위 위에 걸터앉았다. 바위의 결을 만져보고 느껴보았다. 새벽 공기만큼 차가운 바위다. 정자에 기대듯 앉아 있는 바위는 꼭 공찬 형님을 바라보는 자신인 듯 보였다. 반딧불이가 깜박이는 모습을 공침이는 차분히 바라보았다. 그리고 두 손을 모았다. 반딧불이가 공침이의 두 손 안에 들어와 앉았다. 깜박 깜박. 반딧불이, 아니, 공찬이의 혼령이 마지막 인사라도 하는 것 같았다. 공침이의 두 손 안에서 반딧불이는 안녕, 안녕, 마지막 인사를 하는 것 같았다. 깜박 깜박.

온전한 몸을 지닌다는 것. 온전한 눈을 가지고 세상을 바라본다는 것. 그는 태어나 처음으로 자신에 대해 생각할 기회를 공찬이를 통하여 체험했다. 공침이는 삶이 이렇게 감격스럽고 감동스러울 수 있다는 사실을 깨닫고 놀라지 않을 수 없었다.

나답게 살겠다. 공부하며 살겠다. 부지런히 살겠다. 최선을 다하여 살겠다.

어둑어둑한 공간을 자세히 들여다보니 밝은 햇살 속에 있는 듯 선명하게 보이기 시작한다. 순창, 금과마을의 새벽이 공침이에게도 고요하게 밝아오고 있었다. 태양을 향하여 반딧불이 한 마리가 날아가고 있다. 깜박이던 반딧불이의

다시 쓰는 설공찬전
7장 작별 그리고 새로운 시작 · new start

불빛은 태양에 가까이 갈수록 점점 태양과 섞여들었다. 이내 공찬이의 혼령을 담은 반딧불이는 태양 속으로 사라져 더 이상 보이지 않았다. 공침이는 공찬이가 선물한 것인지도 모를 차가운 바위에 앉아 공찬이의 영혼이 사라져 간 태양을 오래도록 지켜보았다.*

별책 1
별책 2

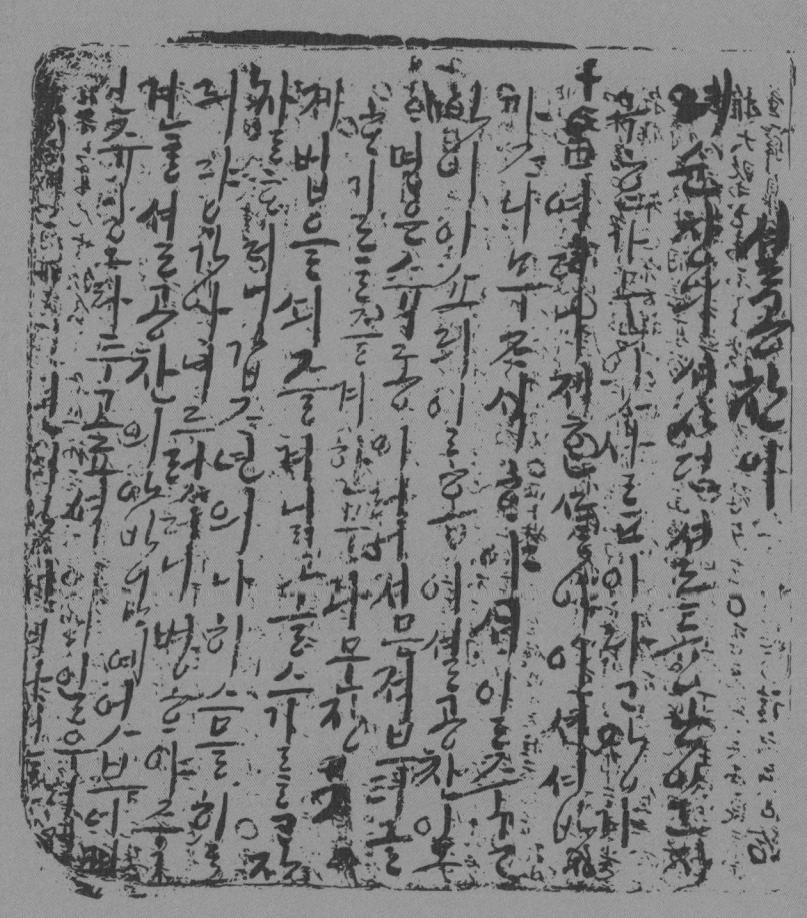

별책 1. [설공찬전]의 작가 난재 채수는 누구인가?

　　채수의 본관은 인천仁川, 자는 기지耆之, 호는 난재懶齋, 시호는 양정襄靖이다. 1449년 8월 8일 한양 명례방에서 태어났다. 어려서부터 뛰어난 문장력을 보였다. 11살 때부터 공부를 본격적으로 시작했다. 나중에 사제관계로 발전한 김종직은 어린 채수를 보고 "장차 문명을 세상에 날릴 재목"이라며 탄복하였다고 한다. 오직 글 읽기에 몰두하였고 읽었다 하면 몇 번 거듭 읽어 문장을 외워버렸고 아플 때에도 책을 놓지 않았다고 한다.

　　저서로는 [난재집], [촌중비어], [설공찬전] 등을 남겼다. [촌중비어]는 '마을에서 떠도는 자질구레한 이야기들'이라는 뜻인데 평소에 채수는 귀신 이야기에 관심이 많았다고 한다.

　　상주 함창 출신인 담양부사 권이순의 딸과 혼인하여 3남 4녀를 두었다. 큰아들 윤권은 일찍 죽었고, 둘째 아들 소권은 형조판서를 지냈으며 [화왕전]을 지었다. 셋째 아들은 승권, 큰딸의 사위는 김감, 둘째 딸의 사위는 이승검, 셋째 딸은 김안로에게 시집을 갔는데 대사헌을 거쳐 좌의정에 이르렀다. 넷째 딸은 이자에게 시집을 갔다.

당대는 훈구파와 사림파가 득세하면서 힘을 겨루었는데 채수는 크게 보면 훈구파에 속하는 듯 보인다. 현실 대응 방식이나 자세, 학문세계는 그들과 더 가까워 보인다. 하지만 막내 사위 이자 등에서 볼 수 있는 것처럼 사림파 인물들과도 인연이 있었다.

후에 채수의 묘비명을 쓴 남곤은 이렇게 적었다.

"세상의 글을 모두 다 들여다보고 자연, 지리, 패관소설에 이르기까지 해박한 지식을 지녔고 타고난 천재였다. 시문을 지을 때는 붓을 들자마자 곧바로 써 내려가 사람들을 놀라게 했다. 성종 임금이 학문을 장려했을 때 늘 임금 곁에서 함께 했고 재상들도 그를 추대하고 존경했다."

채수는 1467년(세조 13년) 19세 가을에 생원시와 진사시의 초시에 각각 합격한다. 생원시나 진사시는 초시와 복시, 두 단계로 되어 있다. 20세에 두 시험의 복시에 각각 합격한다. 진사시에서 합격생 100명 중 1등이었다. 21세인 예종1년(1469년), 조정에서 실행된 증광시 문과에 초시, 복시, 전시에서 모두 장원으로 합격함으로써 사람들을 놀라게 했다. 그는 종6품의 품계인 사헌부 감찰관이 되었다. 22세인 성종 원년에는 예문관에서 성종 곁에서 총애를 받으며 하루 3번의 경연에 꼬박꼬박 참석하였다. 성종은 젊고 유능한 문신들을 중심으로 학문을 장려하였고 경연을 통해 경서를 강의하고 정사를 의논하였다. 경연은 임금에게 경사를 가르쳐 유교의 이상정치를 실현하고자 하였으며 왕권을

규제하는 기능도 수행했다. 성종은 25년 동안 매일 3번씩 경연에 참석하여 다양한 정치 문제를 협의하였으므로 매우 중요한 자리이기도 했다.

어느 날, 성종이 각 지방에서 일하는 수령들의 불의한 일과 백성의 힘듦에 대하여 들은 바를 물었다. 채수는 자신이 알고 있는 사실을 말했다.

"선왕들이 아끼던 이들이 여러 고을에서 수령을 지내면서 지나친 세금을 받고 있습니다. 이는 모두 백성들의 피와 땀입니다. 또 여윈 소와 약한 말들을 각 집에 할당하여 강제로 7일에서 8일, 가까운 곳은 3일에서 5일의 긴 길을 걸어 그들의 물건을 실어 나르게 하고 있습니다. 백성들이 심히 괴로워도 당할 수밖에 없다고 합니다. 청컨데 더 이상 이런 일이 없도록 백성들을 살펴주십시오."

채수는 [세조실록]과 [예종실록]의 편찬에 참여하였고 일본국 통신사가 되기도 하고 음악에 조예가 깊어 장악원에서도 일했다. 명나라 사신을 접대하는 종사관으로 활약하기도 했다. 명나라 사신과 만나는 문신은 그 나라 최고의 인재여야 했다.

그는 초기 홍문관의 기틀을 닦았고 언관으로서도 활약했다. 홍문관은 세종 때의 집현전의 기능을 이어받아 학문이 뛰어난 이들로 채워졌으며 사헌부, 사간원과 함께 삼사로 불렸다.

홍여하는 같은 고향 선배였던 채수가 조정에서 크게 3가지 대담한 일을 했다고 극찬했다.

"첫째, 대사헌으로 있을 때 폐비에게 식량을 주어야 한다고 임금께 청하였다. 이는 지혜로운 이라야 가능한 일이다.
둘째, 도승지로 있을 때 병자옥사에 연루된 사람들의 사면을 청하는 상소를 올렸다. 이는 인자한 사람이라야 가능하다.
셋째, 임사홍이 득세할 때 그 간사함을 임금께 아뢰었다. 이는 용감한 사람이라야 가능한 일이다."

성종 9년(1478년), 채수는 도승지 임사홍의 비행을 임금께 알렸다.

"임사홍은 아첨꾼입니다. 대인의 태도를 갖지 못하였으니 청하건데 빨리 버리셔야 합니다. 착한 이를 좋아하되 능히 쓰지 못하고 악한 이를 미워하되 능히 버리지 못하면 이는 나라를 망하게 하는 원인이 됩니다. 또한 알고도 버리지 않으면 알지 못하는 것만 못합니다. 알고도 버리지 않는다면 간사한 무리가 더욱 거리낌이 없어질 것입니다. 전하께서 이미 임사홍이 소인배라는 사실을 아셨다면, 이는 마땅히 먼 지방으로 물리쳐야 할 것입니다."

당시 임사홍은 아들이 공주의 부마였고 아버지가 의정부에 있었으므로 권세가 하늘을 찌를 지경이었다고 한다. 그는 자신의 재주와 배경을 지나치게 믿었던 것이다. 성종은 처음에는 상황을 파악하지 못해 채수와 홍문관원들을 파직하였으나 결국 임사홍은 의주로 귀양 가고 채수는 복직되었다. 후에 임사홍이 갑자사화를 일으킨 뒤에야 채수의 선견지명에 사람들은 탄복하였다고 한다.

1481년(성종 12년), 도승지 채수는 병자옥사에 관계되었던 사람들의 사면을 청했다. 병자옥사는 사육신의 단종 복위 사건으로 인해 일어났다. 수양대군은 단종을 왕위에서 물러나게 하고 자신이 왕이 되었다. 그가 세조이다. 그러자 집현전 학사 출신인 성삼문, 박팽년, 하위지, 이개, 유성원 등 문관들이 무관인 유응부, 성승과 함께 단종을 복위시키고자 하였다. 하지만 김질과 정창손이 이 사실을 알려 이에 연관된 모든 사람들이 처형되었고 그 주변 사람들까지 크고 작은 화를 입었다. 이것이 병자옥사다. 살아남은 사람들은 숨죽이며 살아야 했다. 이에 채수가 성종에게 이 사실을 간곡하게 말하며 성종을 설득한다.

"육신의 죄가 매우 크지만 당시 옥사에 연좌됨이 너무 지나쳐 오래도록 숨어서 생활하는 후손들에게 어찌 억울함이 없겠습니까? 마땅히 그들의 죄를 풀어주어 하늘의 뜻에 부응해야 할 줄 아뢰옵니다."

성종은 채수의 간절한 제안에 크게 깨달아 억울하게 연루된 수백 명의 후손들의 죄를 풀어주는 결단을 내렸다고 한다.

1482년(성종 13년), 34세의 채수는 사헌부 대사헌이 되었다. 이때 채수는 성종에게 경연에 참석하여 폐비 윤 씨를 특별한 처소로 옮기고 조정에서 옷과 음식을 줄 것을 청하였다.

"윤 씨의 죄를 정할 때 소인이 승지로 있으면서 그의 죄악상을 길이 후세에까지 보이도록 청하였습니다. 그래서 소인이 윤 씨의 잘잘못을 잘 알고 있나이다. 그러나 임금의 배필로서 국모가 되었던 분인데, 폐위되었다고 여염집에 살게 하는 것은 너무 무람없는 듯하오니, 온 나라의 신하와 백성들이 애처롭게 여기지 않겠습니까? 금년은 또 흉년까지 들었습니다. 아침저녁이 어찌 넉넉하겠습니까? 소인은 처음에 폐위를 당했을 때도 따로 처소를 마련하기를 청하였습니다."

폐비 윤 씨 사건은 이렇다. 윤 씨는 1473년(성종 4년)에 성종의 후궁이 되어 숙의가 되었다. 이후 성종의 총애를 받으면서 1476년, 왕비가 되기에 이른다. 이 해에 세자 융(후에 연산군이 된다)을 낳았다. 하지만 왕비가 된 뒤 질투가 심해서 국모로서 부덕한 일을 많이 일으켰고 다음해에는 비상을 숨겨 왕과 후궁을 독살하려한다는 혐의로 빈으로 강등되는 수모도 겪었다. 1479년에는 왕의 얼굴에 실수로 손톱자국까지 내었는데 이 일로 성종의 격분을 사게 되고 신하들의 반대에도 불구하고 폐비가 되어 친정으로 쫓겨났다.

이러한 폐비 윤 씨를 특별한 처소로 옮기고 옷과 음식을 줘야 한다고 성종에게 청한 것이다. 이 제안 때문에 채수는 원자에게 아첨하여 훗날을 도모한다는 의심을 받아 국문을 당한다. 하지만 성종은 채수를 특별히 사면하면서 이렇게 말했다.

"무릇 사람은 자기의 허물을 아는 이가 드물다. 만일 그대의 죄를 논한다면 마땅히 중한 법을 적용해야겠지만 이제 특별히 사면한다. 이제부터 나라에 보답하도록 하여라."

채수는 사면을 받았지만 모든 직책을 내려놓아야 했고 고향으로 돌아가 속리산, 가야산, 지리산 등을 유람하는 한가한 시간을 가졌다. 성종16년에 직책을 다시 받아 충청도 관찰사, 한성부좌윤, 공조참판, 성균관 대사성, 호조참판 등의 직책을 수행한다.

성종의 뒤를 이어 연산군이 왕위에 오른다. 채수는 은퇴를 결심하고 세상과의 교유를 끊고 자연과 벗하는 시간을 보낸다. 채수가 50세 되던 해, 연산군 4년에 무오사화가 일어난다. 이 사건은 성종 때로 올라간다. 성종은 학문을 권장했고 당시 중앙 정계를 장악하고 있던 훈구파를 견제하기 위해 길재의 학통을 이어받은 김종직을 중심으로 하는 영남 사림파를 중용했다. 훈구파는 삼사를 중심으로 주자학을 계승하고 요순정치를 이상으로 하는 도학을 실천하는 군자임을 자처하였다. 하지만 훈구파는 인척과 정실 등을 중심으로 벌족을 형성하고 정권을 좌지우지 하였으며 신진 세력들의 진출을 막았다. 현실 정치의 부조리를 개혁하려는 사림파와 기존 세력을 유지하려는 훈구파는 늘 충돌의 위험이 있었다.

무오사화는 훈구파가 신진사류의 사기를 크게 위축시킨 사건이었다. 채수는 연산군 시대에는 세상과 담을 쌓고 고향에 은거한다. 이후 수차례 관직에 임명되었지만 사양했다. 자신을 보호하기 위하여 채수는 관직에 나아가지 않기 위해 두문불출하고 항상 취한 상태로 살았다고 한다.

56세, 연산군 10년에 갑자사화가 일어난다. 성종의 비, 윤 씨를 폐비한 사건이 임사홍의 밀고로 연산군의 귀에 들어간다. 연산군은 어머니 윤 씨 폐위에 가담하거나 방관한 사람들을 샅샅이 찾아내 죄를 물었다.

윤 씨가 폐비되던 당시 이 사실을 기록에 남겼다는 이유로 채수 역시 유배되어 1년 4개월쯤 단성현에 머물다가 연산군 12년, 58세에 유배에서 풀려났다.

연산군의 폭정이 계속되자 새로운 정치 변동을 원하는 세력들이 등장하여 중종반정을 일으킨다. 1506년, 연산군 12년에 훈구세력이 연산군을 폐위시키고 진성대군을 왕으로 세운다. 채수는 반정에 가담할 생각이 없었다. 하지만 반정의 주모자들은 가담자 중에 채수 같은 어진 선비가 있어야만 거사의 모양새를 갖출 수 있다고 판단했다. 채수가 자신들의 의견에 동조하지 않으면 목이라도 가져오라는 명령이 떨어진다. 이때 다행히 사위인 김감이 이 사실을 듣고 채수에게 술을 대접하여 취하게 만든 다음 거사가 진행되는 대궐 문 앞까지 데려간다. 채수는 자신이 알지도 못하는 사이에 거사에 가담하게 된 것이다.

그는 술이 깨어 궁궐이 불타는 것을 보고 땅을 치며 소리쳤다고 한다.

"이것이 어찌 감히 할 짓인가?!"

채수가 보았을 때 아무리 폭정을 하는 왕이라고는 해도 왕을 이런 식으로 거세하는 것은 인정할 수 없었던 것이다.

채수는 정국공신으로 인천군에 봉해진다. 3번이나 사양하였지만 뜻을 이루지 못했다. 반정 후 왕이 된 중종이 채수에게 관직을 권하였으나 채수는 모든 것을 내려놓고 아내의 고향인 경상도 상주 함창으로 낙향하게 된다.

채수는 59세 봄에 쾌재정을 짓는다. 그의 정자 벽장에는 책으로 가득하였고 날마다 제자들과 함께 유교 경전과 역사책에 빠져 지냈다. 이렇게 남은 세월들을 보내다가 중종 10년, 67세가 되어 세상을 떠났다.

그의 한문소설 [설공찬전]은 쾌재정에서 은거할 때 지은 작품이다. 채수는 권력에 아첨하지 않아 불이익을 당할 때가 많았다. 그러나 그는 현실과 타협하지 않았으며 해야 할 말은 반드시 해야 하는 정직한 신하였다. 연산군이 비록 폭군이었고 늘 불이익을 당했지만 그에게는 군주였다. 그러한 그의 갈등과 고뇌가 [설공찬전]이라는 작품에 녹아들었다.*.

별책 2. [다시 쓰는 설공찬전]을 펴내며

난재 채수의 한문소설 국문번역본이 1996년, 국문학자 이복규 교수에 의해 일부 발견되었다. 이 소설은 원본은 한문이지만 1511년 당시에 이미 국문으로 번역되어, [홍길동전]보다 100년 앞서 한글로 읽힌 최초의 소설로서 국문학사적 가치가 매우 높다. [설공찬전] 국문본은 충북 괴산 성주 이 씨 묵재공파 문중에서 소장하고 있던 [묵재 일기]라는 한문일기책 속에서 발견되었다. 이복규 교수는 국사편찬위원회 사료조사팀이 수집해 온 [묵재일기(1535년~1567년)] 10권의 책 복사본을 검토하다 제3책 뒷장에서 [설공찬전] 국문본 일부를 발견하였다.

[설공찬전]은 중종 때(1511년), 왕명으로 수거되어 불태워진 후 역사 속으로 사라져 버려 그 내용을 전혀 알 수 없었다. 그런데 채수의 한문 소설 [설공찬전]이 완전히 사라진 마당에 1996년, 국문번역본이 발견된 것이다.

[설공찬전]은 순창을 배경 공간으로 삼아, 이곳에 집성촌을 이루고 사는 설씨 집안사람들을 등장인물로 삼았다. 대부분의 등장인물이 실존했던 사람들이다. 이 소설이 당대 대중의 인기를 끌었던 요인 중 하나는 사람들에게 친숙한 귀신 이야기와 무속 이야기 등이 절묘하게 결합되어 있었기 때문일 것이다. 대

중들의 손에서 손으로 이 소설책이 넘나들자 결국 조정에까지 전해져 모두 불태워지기에 이른다. 이 책이 불태워진 가장 큰 이유는 '왕이었더라도 반역하여 집권하는 경우 지옥에 떨어진다'는 설명이었을 것이다. 당시 중종은 반정을 통하여 연산군을 몰아내고 왕이 되었기 때문이다. 또 당시는 유교 이념이 정치와 사회의 근간이었는데 유교 이념으로는 설명할 수 없는 영혼과 죽음의 세계를 끌어와 당시 사회를 비판한 것도 불태워진 이유였을 것이다.

특히 '여성이라도 글만 할 줄 알면 얼마든지 관직을 받아 잘 지내더라'는 표현은 당시 유교 사회의 한계를 꼬집은 것이라 할 수 있다. 임금에게는 무조건 복종해야 하고, 남자는 귀하고 여자는 천하다는 '남존여비' 사상에 반하는 [설공찬전]은 비난의 표적이 되었고 결국 책이 모조리 불태워지게 된 것이다.

[설공찬전]은 1511년에 집필된 것으로 기록되어 있다. 16세기 채수의 사고는 21세기인 지금에도 유효하다. 16세기에 받아들여질 수 없었던 혁신적인 그의 사고방식을 담은 [설공찬전]은 당대 사람들의 보편적인 관념을 깨뜨리는 혁명적인 사고를 담고 있다.

1511년 중종6년, 중종실록에는 채수의 [설공찬전]으로 인한 소란스러운 사건이 기록되어 있다. 그가 상주로 내려가 쓴 이 소설은 불교의 윤회화복 사상, 왕을 비난하는 내용, 당대의 성리학에 정면으로 도전하는 여권신장에 대한 내용들이 포함되어 있다. 심하게는 이 소설 때문에 채수에게 교수형을 내려야 한다는 주장이 제기되는 등 한동안 소란의 중심이 되었다. 이때 채수의 나이 62세였다. 이 소란을 멈추기 위해 중종은 "만약 숨기고 내놓지 않으면 요서은장률로 엄히 다스리겠다"고 명을 내렸고 모두 압수되어 불태워졌다. 전국에서 모여진 [설공찬전]이 조정의 뜰을 가득 채웠다고 한다. 따라서 역사에 기록만 되어 있을 뿐 우리는 [설공찬전]을 읽을 수 없었다.

1506년, 채수는 중종반정에 가담하게 된다. 그의 의도와는 상관없이 그는 중종반정의 공신으로 인정받아 인천군으로 받들어진다. 하지만 채수는 중종반정에 참여했다는 사실이 부끄러웠다. 그는 벼슬을 버리고 상주로 내려와 쾌재정이라는 정자를 짓고 그곳에서 [설공찬전]을 썼다. 이 소설은 지방에서 출발하여 서울까지 전국적으로 읽히기 시작했고 조정에까지 알려진다. 사헌부에서는 이 책을 거둬들여서 소각하고 채수를 처벌해야 한다는 상소를 올린다.

중종 3년(1508년)에 사헌부는 이런 상소를 올렸다.

"채수가 [설공찬전]을 지었는데 내용이 모든 재앙과 복은 윤회한다고 말합니다. 이는 매우 요사스러운 것이며 백성을 현혹시킵니다. 이 책이 언문(한글)으로까지 번역, 전파됨으로써 민중들이 동요하고 있습니다. 사헌부에서 마땅히 거둬들이겠으나 거두어들이지 못한 책들이 뒤에 발견되면 큰 죄로 다스려야 할 줄 아옵니다."

이후 사헌부를 비롯한 많은 관료들이 채수를 교수형에 처해야 한다고 강력히 주장하자 중종은 어쩔 수 없이 채수를 파직했다.

그렇다면 채수는 왜 [설공찬전]을 지어서 훈구파와 사림파간의 갈등을 부추기고 자신의 정치 생명을 단축시켰을까. 그는 정직했다. 그는 늘 왕의 곁에 있으면서 정치의 방향이 올바르게 나아가도록 충고하는 입장에 있었다. 강직한 그의 성품으로 보아 그는 중종반정을 납득할 수 없었던 것이다.

채수는 왜 혼령이 빙의되고 귀신이 등장하고 저승을 경험하게 하는 소설을 썼을까. 그 자신이 10대 때 귀신 체험을 하였던 기억이 있었고 백성들의 이야기에 관심을 많이 가졌기 때문이다. 자신이 하고 싶은 이야기를 백성들이 공감할 수 있도록 그들의 입장에서 써내려간 것이다.

채수는 매우 강직해 임금에게 직언을 서슴지 않았던 사람이다. 그는 성종에게 이렇게 말한 적도 있었다.

"임금이 직언 듣기를 싫어하더라도 신하로서는 마땅히 기름이 끓는 가마에 들어간다 해도 피하지 않고 말하는 것이 옳다고 생각합니다. 임금에게 직접 말하지 않고 돌아가 혼자서 근심하는 것이 어찌 신하의 도리겠습니까? 임금이 자신의 잘못을 듣기를 좋아하지 않으면 사람들이 다투어 아첨을 하게 될 것입니다."

말하자면 채수는 혼령이 빙의되고 귀신이 등장하고 저승 경험을 하게 하는 등 당대 독자들의 흥미를 유발함으로써 자신의 강직한 생각을 사람들에게 표현하고 싶었던 것이다.

또한 국문학사적으로도 [설공찬전]의 가치는 높이 평가된다. 우리나라 최초의 소설은 1470년대에, 김시습(1435년~1493년)이 쓴 [금오신화]다. 여기에는 한문으로 된 5편의 소설이 실려 있다. 그 뒤를 잇는 작품은 1553년, 신광한(1484-1555)이 한문으로 지은 [기재기이]다. 두 작품 사이에는 80여 년간의 사이가 있어 아쉬움을 느꼈으나, 그 중간에 창작된 [설공찬전]이 발견됨으로써 소설의 발달과정을 자연스럽게 이해할 수 있게 되었다. 아울러 최초의 국문소설로 말해지는 허균(1569년~1618년)의 [홍길동전]은 세종대왕의 한글 창제로부터 170여 년 정도의 거리가 있어, 학계에서는 [금오신화]와 [홍길동전] 사이에 중간다리 역할을 하는 한글 작품이 있었으리라고 추정해 왔는데, 그 좋은 물증으로 나온 것이 [설공찬전] 국문본이다. 원작은 한문이지만 나오자마자 한글로 번역되어 모든 사람이 읽었다고 하였기 때문이다.

[설공찬전]은 순창을 배경으로 한 오래된 귀신이야기다. 그러나 혁신적인 사고방식을 담고 있어 이것을 21세기적으로 해석하면 다양한 장르의 이야기로 재탄생될 수 있는 풍부한 상상력의 가능성을 담고 있다.

그의 이러한 이야기적 재미와 구성을 21세기적으로 콘텐츠화함으로써 과거와 현재가 만나 긍정적이고 경쾌한 미래로 나아가야 한다. 21세기는 판타지의 세계다. 최첨단 과학 문명 시대를 적극 활용하여 상상의 나래를 활짝 펼칠 수 있는 세상에 우리가 살고 있다.

채수의 [설공찬전]은 다양한 변이가 가능하다. 원전을 바탕으로 연극, 영화 시나리오, 콩트 등 다양한 버전의 [설공찬전]이 나와야 한다. 그래서 과거를 현대적으로 재해석함으로써 과거와 현재를 자유롭게 융합하는 시도를 계속해 나가야 한다. 옛것은 오래되고 낡은 것이 아니다. 지나온 역사가 없다면 지금의 우리 또한 존재할 수 없기 때문이다. 과거와 현재의 융합이 새로운 미래로 나아갈 수 있는 지혜로운 방법일 것이다. 특히 순창을 배경으로 하는 [설공찬전]은 당대를 뛰어넘는 과감하고 파격적인 사고방식과 판타지적 가능성을 담고 있다.

세계화의 바람을 타고 지구별이 요동치고 있다. 자본과 에너지 집약적 경제 성장으로 지역의 개성적인 문화와 생태계가 무작위로 파괴되고 있다. 순창은 작은 지역공동체이다. 순창은 순창만의 특별함을 찾아 지역성이 곧 세계화의 첨병이 될 수 있는 다각도의 방법을 강구해야 한다. '순창'이라는 이름으로 전 세계에 특화할 무엇이 있을까? 순창만의 역사도, 순창에서 오래 살아온 사람들의 이야기도, 순창을 배경으로 전해 내려오는 독특한 이야기도 있을 것이다. 순창이 아니면 어디에서도 들을 수 없는 독특한 이야기들을 발굴해야 한다. 최근 아카데미상을 수상함으로써 지구별을 들었다 놨다 했던 한 영화감독은 이렇게 말했다.

"저의 영화스승은 마틴 스콜세지 감독입니다. 그가 저에게 이렇게 가르쳐 주었습니다. '개인적인 것이 가장 독창적인 것'이라고요."

그렇다. 개인적인 것이, 그리고 지역적인 것이 세계적인 것이 될 수 있다. 삶은 개발과 외적인 성장논리로만 설명되어질 수 없는 가치라는 것이 존재한다. 독특한 얼굴을 가진, 독특한 개성이 활활 살아 움직이는 순창만의 특성이 세계적인 풍요로움이 될 수도 있다. 고유한 가치와 전통을 지켜내고 그것을 발굴하고 대중화시키는 것, 과거를 다양하게 재해석함으로써 현재에 되살리는 것, 우리의 발전적인 미래를 향한 지혜로운 대안이 아닐까. 오래된 미래를 순창은 이미 지니고 있다. 과거와 미래는 지금, 여기에 있다. 순창을 무대로 한 [설공찬전]에 대한 기대와 관심, 그리고 다양한 재해석을 통해 지역적인 것이 세계적인 것이 될 수 있도록 담론이 형성되는 귀한 계기가 되었으면 한다.

나가며

"[금오신화]에 이어 두 번째로 나온 고전 소설이자 최초의 국문 번역 소설로서 국문학사적 가치가 높다. 독자들에게 광범위한 영향을 미쳤으며, 소설의 대중화를 이룬 첫 작품으로 평가된다"고 다음 국어사전에 쓰여져 있기도 한 [설공찬전].

작가 채수가 [설공찬전]을 집필한 곳은 경상북도 상주다. 하여 필자는 채수가 [설공찬전]을 집필한 장소인 쾌재정을 찾아가보기로 했다. 1511년의 그를 2020년 어느 날, 한 작가가 찾아 나선 것이다. 물경 500년이나 지나서 말이다. 순창에서 아침에 출발해 쾌재정 근처에 도착하는 데 5시간이 걸렸다. 근처에서 "쾌재정이 어디 있나요?"하고 물어도 대답해 줄 수 있는 사람이 없었다. 다행히 운좋게도 우체국에 들어가 물었더니 우체국장님과 직원분들은 쾌재정의 위치를 알고 있었다. 어떠한 내력을 지닌 곳인지를 설명해 주셨고, 채 씨 문중에서 채수와 [설공찬전]에 관한 책까지 내면서 채수와 [설공찬전]을 알리기 위해 노력하고 있다는 소식도 전해주었다. 우체국장님은 필자에게 채 씨 문중에서 만든 책도 한 권 선물해 주었다. 그리고 이렇게 말씀하셨다.

쾌재정(설공찬전 창작 장소) / 경북 상주시 이안면 이안1리

"상주에서는 채수가 누구인지, 쾌재정이 어디 있는지, [설공찬전]이 무엇인지, 어떤 내용인지에 관심이 별로 없는 것 같습

니다. 사실 아는 사람들도 많지 않아요. 그런데 5시간이나 걸려 사진 한 장 찍으러 순창에서 이 먼 곳까지 오시다니 작가님의 열정이 대단합니다. 놀랍고 부럽습니다."

필자가 [설공찬전]에 관심을 가지게 된 계기는 무엇일까. 순창군립도서관에서 근무하는 동안 관장님께서 말씀하셨다. "순창에는 [설공찬전]이 있습니다. 작가님도 들어 보셨습니까?"

관장님의 말씀을 듣고 이복규 교수님의 [설공찬전]에 관한 두 권의 책을 몇 달에 걸쳐 읽었다. 1511년, 중종 때 나온 책으로 한문본은 모두 불태워져 사라져 버렸는데 기적처럼 1996년, 이복규 교수님에 의해 국문번역본이 발견되었다. 당시에는 최초로 국문으로 쓰여진 소설이라는 놀라운 발견으로 전국이 떠들썩했었다. 그러나 지금 우리는 1996년 이후 25년이 지났지만 [홍길동전]은 알아도 [설공찬전]을 아는 이는 극히 드물다. [홍길동전]은 1618년, [설공찬전]은 1511년이다. 그러므로 [설공찬전]이 [홍길동전]보다 100년도 전에 이미 국문(번역)소설로서 대중에게 읽혔는데도 말이다.

이복규교수님께 [다시 쓰는 설공찬전]을 쓰고 있다고 메일로 인사를 드렸다. 교수님께서는 잊혀져 가는 [설공찬전]에 관심을 가져주는 이가 있다는 사실만으로도 얼마나 감사한 일인지 모른다는 말씀을 하시면서 다양한 자료를 제공해 주셨다. 순창군에서는 [설공찬전 테마관]을 조성한다. 하여 이복규

나가며

교수님의 도움이 커다란 힘이 된다. 그는 150여 점의 자료들을 [설공찬전 테마관]에 기증하기도 했다. 과거가 되어 버린 역사를 복원하고 기억하고 함께 나누고 새롭게 해석하는 작업을 통해 우리는 면면히 이어지는 새로운 역사를 갖게 될 것이다.

이 책이 나오기까지 몇 번의 뒤집힘이 있었다. 수많은 우여곡절을 거쳐 살며시 세상에 나온다. 최종본은 표준말로 썼던 대화들을 모두 순창사투리로 바꿨다. 순창 토박이인 임지숙 선생님의 노고가 빛난다. 순창을 배경으로 한다면 당연히 순창 토박이 말을 살려야 할 것 같았다. 지역적인 것이 가장 세계적인 것이 될 가능성이 현실이 되는 순간이다.

이 책은 시간이 지나면서 점점 풍성해졌다. [설공찬전]의 전문가이신 이복규교수님은 "어서 어서 부지런히 쓰라"고 필자의 어깨를 다독이셨다. 작가의 창작정신이 지향하는 바를 존중해야 한다고 말씀해 주셨다. 그림 작가가 교체된 뒤에 "설공찬 얼굴은 설 씨 문중에서 내려오는 원효, 설총 등의 얼굴도 참고하시면 좋겠습니다. 조용진 교수 말로는 일본에 원효 화상 진본이 있답니다. 설 씨 문중 족보 전면의 화보라도 꼭 참고하라"는 당부까지 해주셨다. 굵직한 중견이신 김재석 작가님의 격려 또한 큰 힘이 되었다. 순창 토박이인 임지숙 선생님과 조기성 선생님, 그리고 중학교 1학년인 윤빈양과 고등학교 1학년인 수현양의 조언도 커다란 도움이 되었다. 시시콜콜한 부분까지 섬세하게 짚어주신 전명란 선생님에게도, 인문 공부에 푹 빠져서 공부가 꿀처럼 달다는 사실을 알아버린 박수진 선생님에게도 감사드린다. 꼼꼼하게 교정을 보아 주셨다. 그림 없이 세상에 나올 뻔한 책을 신중철 작가님이 등장하셔서 멋지게 펼쳐 주셨다. 책을 낼 때마다 보이지 않는 곳에서 편집, 기획, 진행 등 수없이 많은 작업들을 묵묵하게 완수하시는 이익돈 대표님께도 감사의 말씀을 올린다. 정성철 시인과 김용임 여사, 가족들, 그리고 함께 공부하는 블루학당 식구님들께도, 이 책을 선뜻 골라 펼쳐주시는 독자님들께도 무한한 감사를 드리고 싶다.

먼지에 쌓여 있는 귀중한 물건이 있다면 그것의 먼지를 털어내고 제 모습을 찾아주는 것이 현재를 사는 우리가 해야 할 임무이기도 하다. 역사는 묻혀 있으면 생명이 없으니까. 그것을 살려내고 관심을 갖고 드러내고 살펴보고 그리하여 우리 모두의 것이 되었을 때 그것은 비로소 진정한 생명력을 지니게 되지 않을까.

순창에서 사는 사람들에게 [설공찬전]에 대하여 질문을 하면 "이야기를 들어는 봤는데…"라며 말꼬리를 흐린다. 필자는 정작 3,000자 남짓(정확히는 3천4백7십2자이다)한 [설공찬전]을 사람들이 자세히 모르는 것이 안타까웠다. 알려고 해야 비로소 알게 된다. 관심을 가져야 비로소 '빛'난다.*

순창, 하늘빛 정원에서 이서영 작가 드리다*

참고자료

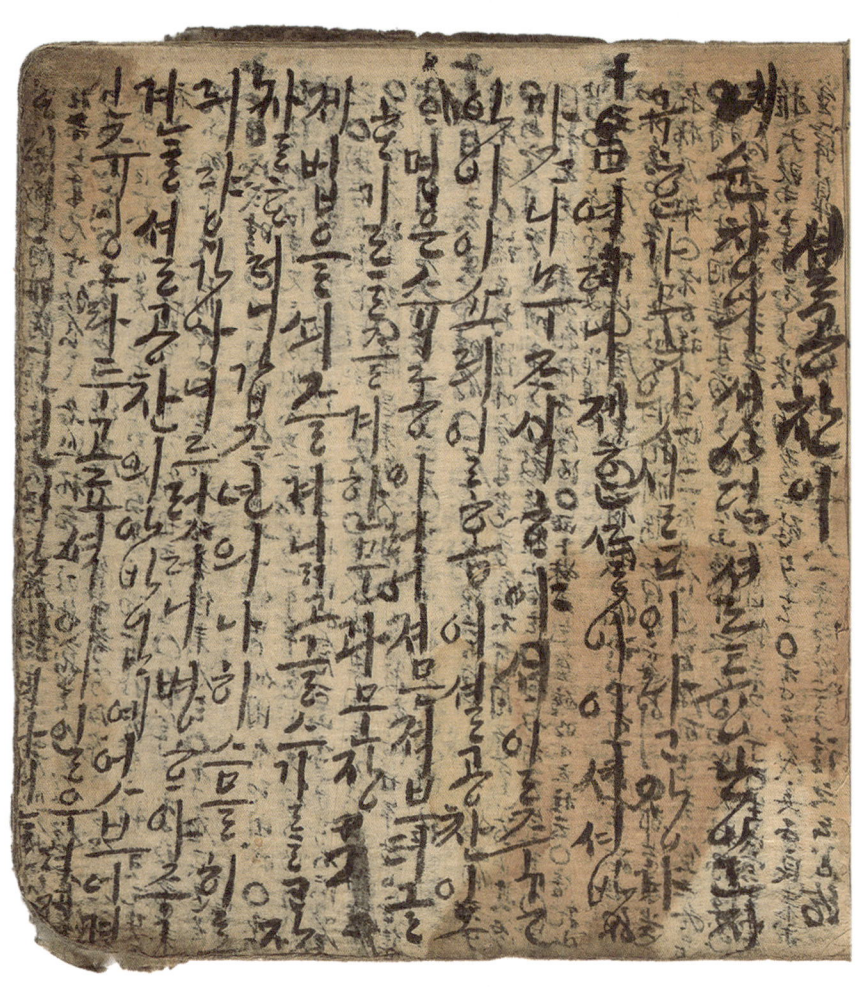

[설공찬이] 국문 영인본 (1쪽)

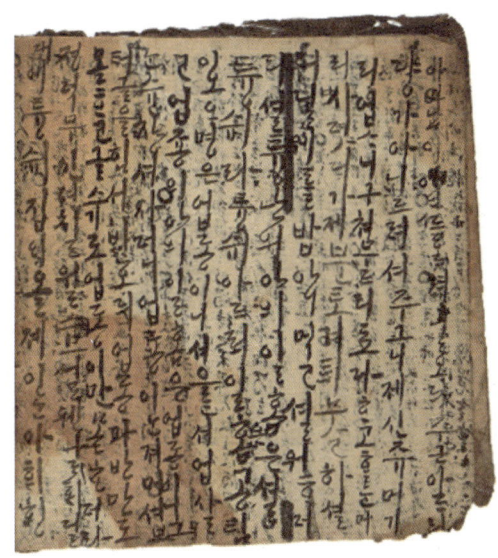

[설공찬이] 국문 영인본 (2쪽)

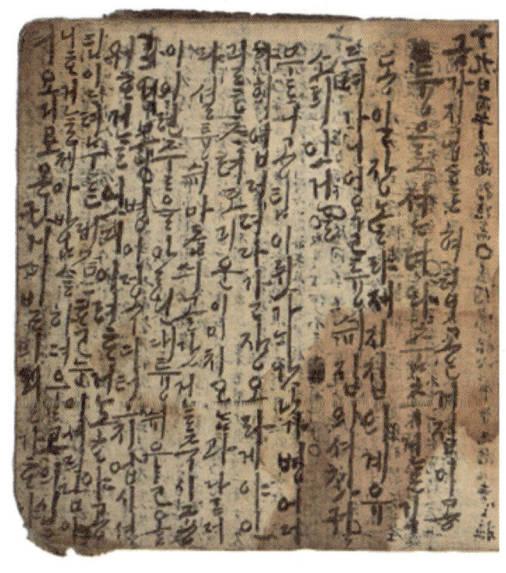

[설공찬이] 국문 영인본 (3쪽)

참고자료

[설공찬전] 국문본 제4~5쪽

[설공찬전] 국문본 제6~7쪽

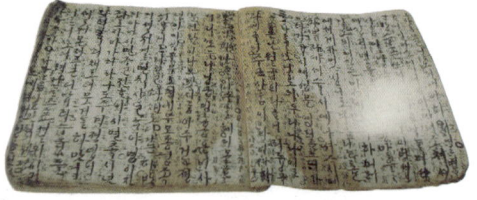

[설공찬전] 국문본 제8~9쪽

[설공찬전] 국문본 제10~11쪽

[설공찬전] 국문본 제12~13쪽

참고문헌

이복규, [설공찬전의 이해], 지식과 교양, 2018년 5월

이복규, [설공찬전], 시인사(한울), 1997년 8월

베르나르 베르베르, [죽음1], 열린책들, 2019년 5월

베르나르 베르베르, [죽음2], 열린책들, 2019년 5월

석인황, 이광우 공저, [불교 극락과 지옥의 실제], 김용진 그림, 법문 북스, 2014년 11월

이기선, [지옥도], 안장헌, 윤열수 그림, 대원사, 2011년 5월

신성종, [내가 본 지옥과 천국], 크리스챤서적, 2011년 3월

인천채씨 양정공종회, 난재 채수 선생 기념사업회, [난재 채수 선생의 삶과 문학], 시와반시, 2019년 6월

※ [별책1]은 인천채씨 양정공종회, 난재 채수 선생 기념사업회에서 발행한 [난재 채수 선생의 삶과 문학]을 정리하였음을 알립니다.*

최초 국문 번역 소설
다시 쓰는 설공찬전

초판 1쇄 발행 2020년 07월 17일
개정판 1쇄 발행 2020년 07월 31일

원 전 채 수
글쓴이 이 서 영
그린이 신 중 철
편 집 이 익 돈
교 정 정 성 철 / 박 수 진 / 전 명 란
순창 사투리 도움 임 지 숙 / 조 기 성
디자인 (주)애플이즈 이진재
인 쇄 (주)디에스프린텍
자료제공·감수 이 복 규 교수님
사진제공 이 복 규 교수님 / 이 서 영 작가

펴낸곳 솔아북스
등록일자 2015년 9월 4일
신고번호 제 477-2020-000001호
주 소 전북 순창군 복흥면 추령로 1746
E-mail ebluenote@hanmail.net